W0204154

# DESCENTE DE LISTE

Graphisme de couverture : Odile Chambaut
Illustration de couverture : © Aurélia Vuillermoz

© Éditions du Rouergue, 2025
www.lerouergue.com

JEAN-MARIE LEYGONIE

# DESCENTE DE LISTE

roman

ROUERGUE
noir

*À ma femme et mes enfants*
*qui ont toujours voulu croire que*
*je les aime plus que tout malgré*
*le temps volé pour l'écriture.*

« La femme qui cherche à être l'égale de l'homme manque d'ambition. »

Marilyn Monroe

## 1 – MARINA

17 h 35 le 19 mai 2020, un bus me dépose au bord de la Nationale 7 à l'entrée de Saint-Pierre l'Étoile, un bourg de trois mille sept cent cinquante-sept habitants à l'ouest de Lyon.

Je n'aime pas la province. Ses villes moyennes amorphes où même les zombies sont sous antidépresseurs. Sa procession lépreuse de centres commerciaux, de zones industrielles et de villages-dortoirs le long des routes. Sa fausse campagne de ronds-points fleuris, de haies en brosse et de pelouses tondues. Un gendarme ne devrait pas dire ça, je suis au courant.

Je remonte une file de maisons grises sur un trottoir étroit. Pas un commerce, pas un chat mais, selon Maps, en route vers le centre par la rue principale.

La mairie est une grosse bâtisse de deux étages de style vieux moderne, ornementée de trois niveaux de plates-bandes multicolores et d'un drapeau français à franges dorées qui flotte au-dessus du porche.

J'entre par une porte coulissante automatique et je m'annonce à l'accueil.

Premier contrepied à mes préjugés, la secrétaire de mairie mandée par l'hôtesse d'accueil pour me réceptionner. Dans les trente-cinq ans, brune à la peau de nacre, pas grande et pas exactement mince mais, dans une robe chemise à pinces en coton blanc et des sandales argentées, des mensurations de poster de fond de garage. Son superpouvoir, des yeux violets hypnotiques qui me sidèrent comme un lapin dans les phares d'une voiture. Après des présentations succinctes, bafouillées pour ma part, elle offre de me faire visiter mon nouveau camp de base.

Question poste de travail, c'est vite vu. Aucun bureau ne peut m'être libéré dans le bâtiment. Tout juste éventuellement puis-je disposer d'un casier fermé du vestiaire du local technique dans l'arrière-cour. Je prends.

Pour le reste, il s'agit d'un plateau au mobilier désuet ouvert sur un hall d'accueil que se partagent les services administratifs présentés par les panonceaux État civil, Poste et Urbanisme, d'une salle de réunion, dite des mariages, où je suis attendue dans quelques minutes, d'une autre salle plus grande, dite du conseil, et de deux bureaux pour la direction des services et les élus. Parmi ces derniers, celui de la mairesse, Solange Chaverot, que la secrétaire de mairie me présente d'un chuchotement dans l'entrebâillement de sa porte. La première magistrate est une sexagénaire en tailleur écossais hors de saison qui signe un parapheur à la cadence d'une machine à coudre. D'un lever de tête contraint, elle me signifie trouver mon ordre de mission dans sa bannette avec le même bonheur qu'un PCR positif. Le sous-titrage, agréablement soufflé à mon oreille par mon guide, me dit qu'il est 17 h 55 et que Madame la Maire réunit ce soir successivement deux commissions, dont celle de l'urbanisme à la place d'une adjointe souffrante. À son grand regret, elle ne pourra me recevoir avant demain matin.

Mes « auxiliaires au quotidien » m'attendent dans la salle des mariages. Un policier en uniforme et les deux préposées de l'accueil, fermé au public entre-temps, se tiennent de part et d'autre d'une grande table octogonale. Le type costaud joue les fauves en cage en se dandinant sur ses rangers, ce qui laisse lire l'inscription « Police municipale » sur le dos de son blouson. « Intercommunale » se croit-il obligé de préciser, lorsque la secrétaire de mairie fait les présentations. Il m'introduira auprès de tous les habitants de la commune que je souhaiterai rencontrer, me promet-elle. L'expression d'insoumission sournoise du flic m'en fait douter. Quant aux femmes, il s'agit de deux spécimens d'un sociotype des territoires périphériques, la ménagère-biker de moins de cinquante ans. La brune à mèches violettes, qui me sourit entre deux bagues à lèvres chromées, se nomme Jasmine. Elle tient l'accueil et, une dizaine d'heures par semaine, le bureau de poste. Sa collègue, teinte en bleu métallique, est tatouée d'un rosier aux épines d'acier qui lui grimpe jusque dans les oreilles, dont une est percée par un anneau noir épais appelé tunnel par les adeptes du body art. Son prénom est Sandy. Elle se partage entre l'état civil et l'enregistrement des demandes d'autorisation d'urbanisme.

À moi de leur expliquer ma mission, le courrier de ma hiérarchie, transmis hier à la mairie, se contentant d'une injonction à me faire « bon accueil ».

– Bonjour, je suis le lieutenant de gendarmerie Rudy Meyer, du service de prévôté de l'état-major des armées. Selon son acte de décès, votre concitoyen Gérald Morel est mort de la Covid-19 le 27 mars 2020 à son domicile. Peut-être saviez-vous qu'il était retraité depuis six mois de l'Office de Protection Aérienne de l'OTAN du Mont-Rolland. Cette base étant classée zone de défense hautement sensible, tout accident ou décès d'un de ses officiers est contrôlé par la police militaire. Nous sommes le 19 mai. Je dois donc procéder à une formalité ordinaire mais avec deux mois de retard, en raison d'une désorganisation des services par le confinement. Je vous remercie d'avance de votre assistance pour rattraper ce temps perdu. Si vous en êtes d'accord, je vous ferai connaître les besoins de l'enquête au fur et à mesure... Avez-vous des questions ?

Les femmes m'ont écoutée avec des mines studieuses destinées à me convaincre de l'inutilité de prolonger davantage mon exposé au-delà des horaires d'ouverture de l'établissement. Égayé de mon speech comme de la dernière ineptie d'une hiérarchie hors-sol, le policier intercommunal y a prêté, par contre, moins d'attention qu'à mon postérieur, au design parfait malgré le pantalon unisexe peu avantageux de l'uniforme opérationnel d'officier de la gendarmerie nationale.

– Ça va prendre combien de temps ? demande-t-il.

– Pas plus d'un jour ou deux... D'autres questions ?

Pas d'autres questions.

– Vous restez avec moi deux minutes, s'il vous plaît ? retiens-je le flic.

Les deux réceptionnistes me saluent et sortent par la grande porte. La secrétaire de mairie part de l'autre côté, me faisant signe d'emprunter le couloir à sa suite pour la retrouver après.

Je m'approche du policier jusqu'à la limite de distanciation sociale prescrite.

J'aime l'uniforme. Il fait léviter comme les ailes d'un ange. Quand il est bien porté.

– Il me faudrait un rendez-vous avec la femme de Gérald Morel le plus vite possible, idéalement demain et, impérativement, chez elle.

– Pourquoi chez elle ?

– Je veux voir l'endroit où son mari est mort.

Réponse trop rapide et erreur fondatrice.

– Ça s'appelle une perquisition.
– Et alors ?
– Pour ça, vous devez être accompagnée d'un officier de police judiciaire...
– Comme vous.
– Je ne suis qu'officier-adjoint... Pour une perquisition, il vous faut une commission rogatoire.
– Je ne perquisitionne pas. J'interroge un témoin dans le cadre d'une enquête administrative interne à l'armée, rétropédalé-je.
– Élise Morel m'a téléphoné quand elle a trouvé son mari inconscient. J'ai prévenu les pompiers. On s'est retrouvés au domicile de Morel. Ils ont constaté qu'il était mort et ils l'ont emmené à l'hôpital du Val d'Ouest. J'ai demandé à Élise Morel d'aller déclarer le décès en mairie. Elle l'a fait le lendemain. Contrairement à votre enquête, tout s'est fait dans les règles en temps et en heure.
– Pas selon le haut commandement militaire.
– Ici, on est dans le civil, faut suivre les règles.
Je secouerais bien un peu l'abruti pour lui décoller la pulpe du fond mais il y a encore du monde dans le bâtiment.
– Je prendrai rendez-vous moi-même avec Madame Morel et je vous ferai savoir quand vous pourrez me conduire chez elle. En attendant, merci de m'attendre ici demain à 10 heures pour m'emmener au Mont-Rolland.
Le flic avance la tête et me toise un instant avec un air que je connais bien, celui du bonhomme qu'il faudrait retenir de m'aplatir si je n'étais pas une faible femme.
Finalement, mauvaise analyse mais bonne décision, il tourne les talons et sort par la porte versant dans la cour intérieure.
Ma visite de la mairie s'achève dans le bureau de la secrétaire de mairie avec un topo de sa part sur le protocole à respecter dans mes futures interactions avec les instances

municipales. Afin de ne pas compromettre une hypothèse de rencard, je remets à plus tard de l'informer de difficultés chroniques à assimiler les consignes de bienséance.

Marina Giraud, son identité sur la nominette, me demande où je loge et si je suis motorisée.

Je suis arrivée en train de Paris il y a trois heures. Une chambre m'est réservée à l'hôtel du Parc, dans une autre localité. À coup sûr, la piaule la plus cheap que mon administration de rapiats aura pu me dégoter à vingt kilomètres à la ronde. D'après Marina, mon hébergement se trouve aux Ombreuses, un village à une dizaine de kilomètres de Saint-Pierre l'Étoile. Elle propose de m'y conduire dans sa voiture.

Constatant sur place que l'hôtel, d'une architecture proche de l'Algeco, n'offre aucune restauration, elle m'invite à déposer mon sac dans ma chambre et à venir dîner chez elle, à deux pas d'ici. Je ne fais même pas semblant d'hésiter.

***

Après dix minutes de route entre les coteaux de vigne et les pâturages d'un paysage plutôt ambianceur dans le soleil couchant, nous arrivons au hameau dit du Pont de la Tourette, signalé sur un panneau comme domaine de la commune de Saint-Pierre l'Étoile.

Marina franchit un portail automatique et gare sa Smart dans l'allée en graviers desservant une villa de plain-pied au toit plat.

Nous entrons directement dans la pièce à vivre. Prodige de la domotique, des appliques rasantes baignent aussitôt la pièce d'une lumière blanc jaune alors que, de leur propre chef également, des stores électriques dégagent silencieusement deux grandes baies vitrées. Le coin salon est séparé d'une cuisine américaine par un plateau en granit noir, bordé de trois hauts tabourets en aluminium. D'une main ferme sur mon épaule, la maîtresse de maison me pose sur l'un d'eux, avant de passer s'enrouler un tablier transparent autour des hanches côté fourneaux :

– Omelette aux épinards et tomates avec un coteaux-du-lyonnais du village. Que du local. Ça te va ?

– Vas-y, approuvé-je avec un enthousiasme qui me vaut un sourire craquant.

Mais justement, par quelle aberration une bombe de ce calibre a pu être larguée dans ce trou ?

Moi, noire, lesbienne et pleine d'a priori ? Affirmatif.

– Comment une fille comme toi est arrivée là ?

– Qu'est-ce qui te surprend ?

– Ton job dans ce bled, développé-je lourdement.

Un dos raide me met les pendules à l'heure :

– La secrétaire de mairie n'est pas la secrétaire du maire. Elle est la directrice générale des services de la mairie. À Saint-Pierre, ça fait une équipe de quarante-cinq agents. Quant au « bled », où je suis née, son prix du mètre carré dépasse celui des Hauts-de-Seine.

Faim et concupiscence, deux bonnes raisons de s'aplatir :

– Ça va, respect pour ton job et même pour ton bled.

Le cadre A de la fonction publique territoriale se retourne. Il n'est pas fâché :

– J'ai rencontré mon ex-mari pendant mes études à Sciences-Po Lyon où il enseignait le droit civil. Après mon diplôme, j'ai hérité de la villa de mes parents, qui préféraient vivre leur retraite en appartement et, lui, des parts de son père dans un grand cabinet d'avocats lyonnais. Nous nous sommes installés dans la villa, qui devait être le cadre parfait pour élever nos futurs enfants. J'ai été reçue au concours pour la direction des services de Saint-Pierre et mon mari s'est mis à gagner beaucoup d'argent. Malheureusement, la réussite ne nous a pas tournés vers la vie de famille mais vers la bringue, dont l'échangisme qui a perdu notre couple.

– Tu m'étonnes.

De nouveau l'impression d'avoir parlé trop vite.

Marina enfonce un plat dans un four circulaire de technologie extraterrestre :

– C'est prêt dans dix minutes. Tu nous sers à boire ?

Je me lève et pars dans le salon chercher de quoi réaliser la tâche. Dépourvue de bibliothèque, de tableau au mur et de tout écran, la pièce demeure chicos, bien qu'entre son plancher brut, un ameublement en boiseries nordiques et le blanc des murs, d'une épure un brin ostentatoire.

– Ce n'est pas ce que tu crois, reprend Marina. Lors de nos soirées libertines, j'ai découvert que je ne faisais pas l'amour avec d'autres femmes pour le plaisir de ces messieurs mais pour le mien. C'en est devenu irréversible puis addictif. Quand je me suis réveillée, des mois plus tard, je n'étais plus mariée qu'avec mon emploi.

– Des regrets ? m'étonné-je.

– Les enfants que nous aurions eus. Mon travail qui prend toute la place, sans que je sache s'il est le mal ou le remède.

La Belle au Bois burned-out s'assoit en face de moi sans quitter son tablier.

– Je dois être une femme compliquée, soupire-t-elle.

Nous trinquons les yeux dans les yeux. Le vin arrache un peu à mon goût mais on ne peut pas tout avoir.

– Et toi ? demande Marina en reposant un verre où, contrairement à moi, elle a juste trempé les lèvres.

– Tout l'inverse, pensé-je éluder.

À tort :

– En lisant Rudy Meyer sur le mail de la préfecture, je t'ai imaginé blond aux yeux bleus, insiste-t-elle.

Je fronce les sourcils mais il y a comme un coup de givre dans le regard de Marina pour me rappeler que c'est moi qui ai commencé.

– Un gendarme alsacien, devenu veuf peu après, m'a adoptée à Mayotte quand j'avais deux ans. J'étais ce qu'on appelle un enfant isolé, né probablement d'une clandestine comorienne. Il m'a donné son nom, le prénom de sa mère et l'envie de devenir comme lui...

– C'était quoi ?

– C'était quoi quoi ?

– Le prénom de sa mère.

Une des questions auxquelles j'espérais échapper :

– Gertrude.

Blanc fugace et reprise de la conversation :

– Quel est ton emploi dans la gendarmerie ?

Le changement de sujet est opéré sans sourire compatissant et avec la prémonition rare de devoir zapper d'autres questions sur mes origines. J'apprécie à nouveau.

Pourquoi les investigations familiales m'exaspèrent ? Parce qu'elles conduisent toujours à expliquer ce que je suis par une enfance difficile, alors que je suis heureuse de mon enfance et de ce qu'elle a fait de moi. Voire trop, dit-on.

– Je suis lieutenant de gendarmerie prévôtale, en attente d'intégrer le GIGN. J'ai réussi les tests d'entrée mais il me manque une année d'ancienneté. D'ici là, je suis affectée à l'état-major des armées pour des missions de police militaire à l'étranger, sauf exception.

Marina me jauge longuement en suçotant son verre. J'aimerais croire qu'elle se projette dans la découverte de mon corps de rêve mais on n'en est pas encore là.

Peut-être cela l'aiderait-il, dans ses réflexions, de savoir qu'entre quelques détachements auprès de nos troupes expatriées, j'enseigne l'histoire militaire à l'École des officiers de la Gendarmerie de Meaux. Que j'y suis entrée moi-même à vingt-deux ans, en tant qu'aspirant de gendarmerie avec un master d'histoire, pour en sortir docteur et major de promotion trois ans plus tard. Mais j'aime laisser à l'autre, au moins initialement, le sentiment de supériorité intellectuelle. Condescendance ? Pas impossible.

– Est-ce normal de déplacer un officier d'état-major pour une formalité administrative ? demande Marina.

Exactement la question qui me martyrise depuis hier.

– Quelque chose te fait penser que le cas mérite plus que ça ? tangenté-je.

– Réponds à ma question.

Je lâche un peu de verbiage :

– On ne peut pas exclure que mon commandement diligente une enquête sur le décès d'un ex-officier d'un site militaire stratégique parce qu'il doute qu'il soit naturel.

– Pour quelles raisons ?

– Des raisons que l'on n'a pas cru devoir me communiquer.

Marina va contrôler la cuisson de notre plat. Omelette au four, je ne connais pas mais je sens que je peux lui faire confiance.

– Encore trois minutes, déclare-t-elle en se rasseyant à la table.

Je la ressers puisque, de gorgée en gorgée, elle a fini par vider son verre.

– Lorsque le confinement a été décrété, le bureau municipal a décidé que j'assurerais la permanence de la mairie pour organiser l'aide, par les agents techniques, policiers municipaux et quelques volontaires, aux personnes en difficulté sur la commune. J'avais laissé la porte du bureau de poste ouverte afin qu'ils puissent accéder aux locaux. Le lendemain de la mort de Morel, un Pierrotin s'y est introduit...

– C'est son nom ? je coupe.

Juste une astuce d'enquêteur pour tirer le poil avant qu'il ne se rétracte.

Ça le fait :

– Un Pierrotin est un habitant de Saint-Pierre l'Étoile... Il s'appelle Kevin Fournier. Quand je l'ai entendu entrer dans la mairie, je suis allée l'intercepter. J'étais stressée par des appels téléphoniques incessants et un intrus à chasser toutes les demi-heures, alors que la grille de l'entrée principale était baissée et qu'il était écrit sur toutes les portes que la mairie était fermée.

Marina avale une lampée pour me permettre de lui valider les circonstances atténuantes qu'elle s'accorde pour la faute qu'elle s'apprête à me raconter.

Un banal « Ça devait être dur » fait le job.

– Kevin et moi avons fait notre école primaire ensemble. C'était un élève dyslexique à qui on attribuerait aujourd'hui une phobie scolaire ou un trouble de l'attention. Après avoir été une plaie pour l'école, il est devenu une plaie pour la commune, initiant des générations d'adolescents à l'éthylisme, à l'incivilité et au vandalisme. Pour sa défense, il a perdu sa mère très jeune, d'une leucémie je crois, et plus tard son père remarié, réputé alcoolique et violent, dans un accident de voiture. Aujourd'hui, il travaille comme commercial dans la concession automobile de sa belle-mère. Il n'en reste pas moins, à trente ans, le mouton noir du village. Malgré ça ou, peut-être, pour ça, Gérald Morel, qui est le frère de sa patronne, l'a placé en bonne position sur sa liste électorale. En retour, Kevin le vénérait.

Marina semble régler sur moi la focale de ses pupilles et en déduire que sa contextualisation n'est pas loin de m'impatienter.

– Ce jour-là, il était très agité. Il prétendait m'apporter une information sur un meurtre dans le village, à la condition que je lui promette de ne pas révéler que ça venait de lui. Aucun meurtre n'a jamais été commis à Saint-Pierre l'Étoile. J'ai cru, et je ne l'exclus toujours pas, à un stratagème de Kevin pour se trouver seul avec moi. Je lui ai conseillé, sans douceur je le reconnais, de rentrer chez lui et d'appeler le policier municipal pour qu'il prenne sa déposition. Kevin s'est fâché. Il m'a répondu que s'il s'adressait à moi, c'était justement qu'il ne faisait pas confiance aux flics. Il est parti en claquant la porte.

– Son témoignage n'a donc jamais été enregistré.

Marina opine.

– Y a-t-il autre chose que l'ouverture d'une enquête qui t'y fait repenser maintenant ?

« Maintenant » contracte le visage de Marina sans l'enlaidir le moins du monde :

– Non.

– Où est-ce que je peux rencontrer ce Kevin Fournier, fortuitement ?

À l'inverse, « fortuitement » détend.

– Il traîne presque tous les soirs au kiosque. C'est le spot des ados, dans le parc communal à côté de la mairie. Si tu vois une voiture de sport japonaise noire, avec un aileron énorme, garée sur le parking de la salle polyvalente après vingt-deux heures, c'est qu'il y est.

Je regarde ma montre. Il est presque 20 heures.

Même pour un fonctionnaire dénué de pouvoir de police, éconduire le témoin d'un homicide potentiel est une bourde. Mon administration, qui a mis deux mois à s'inquiéter de la mort d'un cadre d'une base militaire stratégique, ne devrait pas lui en tenir rigueur. Nonobstant, j'aimerais bien savoir si j'ai été invitée à dîner seulement pour l'amnistier.

La suite de la soirée montre que ce n'est pas pour ça. Ou pas que pour ça.

## 2 – KEVIN

Qu'il soit versé à mon dossier qu'aucune autre obligation que le devoir ne me pousse à m'arracher du lit de Marina à vingt-deux heures quarante-cinq.

Si je ne l'ai pas encore signalé, outre sa destination périphérique et son objectif trop simple, mon ordre de mission comporte aussi une exigence de résultat pour hier.

Il me faut une quinzaine de minutes de marche rapide sur une départementale gravillonneuse pour rejoindre le centre-bourg, et un peu moins pour le parcourir dans sa longueur jusqu'à la mairie.

À cette heure où l'éclairage public est interrompu, la seule trace de vie dans la grand-rue, dite route de Paris, tient à la lueur bleuâtre des téléviseurs derrière des volets fermés. Je n'aurais pas aimé être ado par ici. Et je ne parie pas sur le kiosque pour me faire changer d'avis.

Le kiosque est une cabane en bois ouverte sur une dalle en béton où trônent un barbecue fixe rouillé et une poubelle urbaine artistiquement cernée de mégots, canettes et paquets de chips. C'est la version bucolique de la cave des cités, entre une aire de jeux pour les petits et un city-stade.

Le parking devant laisse présager d'une clientèle rebelle. Un cinquante centimètres-cube de marque italienne équipé d'un pot à détente de dragster, un scooter allégé de son carénage, une auto sans permis rouge ornée de flammes fluorescentes et une Subaru Impreza WRX Black Édition 2 litres turbo à transmission intégrale, qui doit appartenir à mon client. Pourquoi cette bagnole m'est-elle familière ? Parce que c'est le véhicule d'intervention rapide de la Gendarmerie Nationale.

Un des convives a dû venir à pied ou se faire conduire puisqu'ils sont cinq à l'intérieur, à fumer des cigarettes et siffler des bières, dont quatre assis sur une pile de palettes. Pulsé d'une enceinte Bluetooth posée sur un sac à dos, un rap français assure le fond musical. Zéro meuf évidemment.

Mon uniforme dans l'entrée de la grotte jette un froid mais pas de panique.

– Bonsoir, m'annoncé-je civilement.

– Soir... me répond un murmure dirigé vers le sol.

– À qui appartient la Subaru ? sondé-je à la cantonade.

Échange de regards périscopiques.

– À moi, pourquoi ? me brave celui des convives qui semble animer la soirée, debout au centre de la pièce.

Kevin Fournier, je présume, est un blond émacié, effectivement trentenaire, qui ne présenterait pas trop mal sans un treillis paramilitaire taillé dans des chutes de moquette et une coupe mulet de concours canin.

– T'es sûr que tu les fais sur circuit, tes deux cent soixante-douze à l'heure ? gouaille une voix grêle d'ado sortie d'une capuche.

Rires étouffés à basse teneur intellectuelle.

– Deux cent soixante-douze km/h ? Nos Impreza de la gendarmerie sont données pour deux cent quarante-sept, m'étonné-je.

– C'est peut-être que leurs calculateurs sont d'origine, persiste le mariole.

La vanne ne passe pas :

– Tu nous montres les factures de ta bécane, Yanis, ou tu fermes ta gueule ?

– Vas-y Kevin, je rigole, s'écrase l'autre.

– Quelqu'un peut me ramener à mon hôtel ? je recentre. C'est à douze kilomètres et on me dit qu'il n'y a plus de transport en commun au départ du village après vingt-deux heures.

Des visages, diversement ravagés par la dictature de l'hormonal sur le cérébral, me lorgnent en face pour la première fois.

– L'est où votre hôtel ? s'enquiert Kevin.

– C'est l'hôtel du Parc aux Ombreuses.

– J'allais me barrer, je peux vous déposer.

– Merci.

Kevin quitte la pièce sans saluer la compagnie.

Il me précède jusqu'à sa voiture dont il m'ouvre la porte passager avec une courtoisie inattendue.

On se harnache en silence avec des ceintures quatre points de rallye et on démarre.

Mauvais départ. Kevin m'exhibe d'emblée un pilotage d'auto-école qui me rappelle que je reste un flic. Avec un vrombissement de tronçonneuse dans les oreilles, même à bas régime, et des suspensions surbaissées qui nous démontent le dos, on n'est pas partis pour flirter. Je commence à me demander si je n'aurais pas mieux fait de rester couchée ou, pour le moins, au lit.

Si Kevin n'engage pas la conversation rapidement, ça va non seulement me désobliger mais, en plus, plomber toute la stratégie de mon opération.

Je tente l'ouverture speed-dating :

– Je m'appelle Rudy Meyer. Je suis lieutenant de gendarmerie prévôtale. J'aime les filles, les armes et les sushis. Et vous ?

Kevin ignore mon ébauche de serrage de mains mais se présente :

– Fournier Kevin. Je suis vendeur chez Rhône Motors, dans la zone d'activités de Saint-Pierre.

– Enchantée Kevin.

Peux pas faire plus sans basculer dans l'interrogatoire.

– Z'êtes mutée dans le coin ? finit quand même par marmonner le conducteur.

Ce que j'attendais pour faire ma pouffe :

– Moi, mutée ? Sérieux ? Je suis en mission ici un jour ou deux pour l'état-major des armées et je rentre à Paris.

– Pour qu'on vous casque l'hôtel du Parc, votre mission, ça doit être du lourd.

Foutage de gueule de bonne guerre mais dont je feins de m'offusquer :

– Élucider la mort d'un officier supérieur d'une base militaire stratégique de l'OTAN, ça vous va ?

Raidissement du pilote :

– C'est qui ce mec ? demande-t-il d'une voix faussement détachée.

– Secret militaire.

Kevin se le tient pour dit. Commence à être pénible.

Je me replonge dans la contemplation de la route qui défile dans les phares au xénon du bolide toujours tenu en laisse.

Le panneau indiquant notre arrivée dans le lieu-dit des Ombreuses apparaît en bordure d'une forêt de hêtres. Ou de frênes. Ou de chênes. En tout cas, avec des chênes dedans et peut-être des érables. Mais sans pins, ni sapins, ça c'est sûr.

À part ça, plus le temps de laisser venir :

– Ceci dit, j'ai passé la soirée à interroger le personnel de mairie. Je parie que demain toute la commune saura pourquoi je suis là... Gérald Morel, ça vous dit quelque chose ?

– Je croyais qu'il était mort du Covid ?

C'est le moment d'un premier dérapage contrôlé :

– Ça, c'est ce que tout le monde veut croire.

– Vous croyez quoi, vous ?

– On m'a pas envoyée là pour croire mais pour savoir, péroré-je en mode tête-à-claques.

– Alors vous savez quoi ?

– Je ne peux en parler qu'avec les proches de Morel... Vous le connaissiez ?

– C'était notre prochain maire. Tout le monde le connaissait. Si vous savez pas ça, vous savez rien.

Mal joué.

La façade de l'hôtel du Parc, plastifiée comme un mur de Lego géants, apparaît dans la lumière rasante d'un projecteur de DCA. La Subaru franchit le portail ouvert et s'arrête devant la porte d'entrée en faux bois, dont le digicode sous une veilleuse annonce un accueil rudimentaire.

J'ouvre ma portière :

– Merci pour le détour, salué-je mon taxi avec mon meilleur sourire, peinant exprès à m'extraire du siège en dépit de ma souplesse féline.

Kevin me remet en piste in extremis :

– Vous allez voir la famille de Gérald ?

– Dès demain, oui.

– Vous pensez qu'elle est en danger ?

– Je ne sais pas, pourquoi ?

– Gérald m'avait demandé de la protéger.

– De quoi ? m'enquiers-je en me rasseyant.

– Gérald allait prendre la mairie de Saint-Pierre et y remettre d'aplomb. Avec lui, c'était la fin du système et ça plaisait pas à tout le monde.

Pile-poil ce que je craignais.

– Quel système ? demandé-je bravement.

Je ne sais pas quelle touche j'ai activée mais Kevin se met à faire des phrases :

– L'urbanisation, c'est un business. La mairie file des permis de construire à des promoteurs pour construire dans les dents creuses du village. Densification urbaine, ça s'appelle. Après, elle bidouille le PLU pour pouvoir mettre des zones commerciales tout autour, avec les parkings et les voies rapides qui vont bien. C'est mort pour l'environnement mais c'est pas grave. Les bétonneurs, la grande distrib et ceux qui leur vendent les terrains se gavent.

– Qu'est-ce que Morel allait y changer ? placé-je dans la reprise de souffle de l'orateur.

Rebelote :

– Notre liste s'appelait « Saint-Pierre sécurisé ». Le plan c'était de remettre du job et du commerce dans le centre-bourg avant qu'y devienne une cité à gris, où y a plus que la mosquée d'ouvert. Il avait plein d'idées, genre coworking, fablab, Amap, jardins partagés et plein d'autres trucs. Et puis il allait envoyer bouler la comcom. Ça plaisait pas non plus.

J'apprends des mots. Gris pour Maghrébin, crois-je avoir déjà entendu. Et l'autre ?

– Comcom ?

– Communauté de communes. Soi-disant le syndicat des mairies pour tout y faire en plus grand. En vrai, un tas de branleurs payés par nous pour se palucher dans des bureaux. La comcom, c'est la cerise sur le millefeuilles, y disait Gérald.

Même avec un sens de la formule rudimentaire, Morel devait engendrer le mimétisme comme un mentaliste de music-hall.

– Comment ça se fait que tu peux réciter son programme par cœur ?

– J'étais en cinq sur sa liste. J'aurais fait adjoint voirie et bâtiments, se rengorge Baby Driver.

Comme quoi le scrutin universel est l'ascenseur social des primaires et des racistes aussi. Et si on tirait au sort nos dirigeants ? Juste pour augmenter nos chances de ne pas toujours choisir les plus cons.

Je ne suis pas étonnée mais je fais comme si :

– Toi, adjoint ?

– Je suis déjà le fournisseur du matériel de la voirie, je connais le job, précise Kevin.

– Admettons que Morel ait été un opposant sérieux...

– Il allait gagner les doigts dans le nez. Sans les onze pour cent d'enculés d'islamo-gauchistes de la liste écologiste, c'était plié au premier tour. Si vous voulez savoir pourquoi il est plus au deuxième, cherchez pas plus loin.

Ben si quand même :

– En France, jamais un candidat à une élection, même en ballottage favorable, ne se fait assassiner, objecté-je.

– C'est ce que tout le monde veut croire, comme vous dites.

Pas mauvaise réplique.

– Qui le menaçait précisément ?

– Je vous dis, le système.

Me broute avec son système :

– Il a une adresse le système ?

– Ouais, la mairie place de la mairie. Cherchez un seul élu qu'est pas en train de magouiller pour un permis de construire ou un taf pour sa meuf.

On n'y arrivera pas.

J'essaye de me tourner vers le chauffeur afin de lui projeter frontalement mon pouvoir d'envoûtement mais les flans rigides du siège baquet me ramènent au fond aussitôt.

– Pourquoi protéger maintenant la famille de Morel ? tenté-je encore.

– C'est pas la police qui va le faire. Interrogez le flic intercommunal, qu'a soi-disant enquêté sur la mort de Gérald, vous serez pas déçue.

Pas faux.

– Mais pourquoi s'en prendre à sa femme ?

– Gérald avait des dossiers sur tous les pourris du coin. Il disait que ça lui venait de son job dans les services de renseignement de l'armée. Un jour ou l'autre, ceux qui lui ont fait la peau retourneront fouiller chez lui, c'est obligé.

Morel dans un service de renseignement ? À vérifier demain à la base.

Et maintenant la question à l'origine de notre road-trip jusqu'à mon hôtel low cost :

– Tu dis « retourneront fouiller chez lui ». Si tu peux rapporter des faits précis, c'est maintenant. Je mène une enquête administrative, sans juge d'instruction, ni obligation d'identification de témoin. Ta déposition peut rester anonyme.

– C'est ce que vous racontez quand vous avez que dalle. Après, quand vous savez des trucs et qu'on vous demande des preuves, comment vous faites ?

Bien vu.

– Je transmets à ma hiérarchie qui décide des suites à donner, vasouillé-je.

– Tout à l'heure, z'aviez pas l'air de piger ce que c'est bosser pour le système. Eh ben c'est ça.

Pas con non plus.

– Si tu n'as pas réussi à protéger Morel, comment tu vas protéger sa famille ? contre-attaqué-je, dans mon rôle mais mauvaise joueuse quand même.

En plus, je me rends compte que je suis passée au tutoiement spécial dévalorisation de témoin, proscrit par le règlement.

Kevin baisse les yeux sur son volant. L'ado attardé rongé par le sentiment d'inutilité est revenu :

– Je me prépare à la guerre, lâche-t-il d'une voix étrangement plus désabusée que belliqueuse.

Il est temps de conclure. Je viens de passer une demi-heure à maltraiter un orphelin sans en tirer la queue d'une information. Humanité et efficacité. Beau travail.

– Merci de m'avoir ramenée. La prochaine fois lâche les chevaux, qu'on voie ce que ça donne de trafiquer des boîtiers.

Par mauvaise conscience, j'ai voulu finir sur une note de sympathie. L'esquisse de sourire misérable de Kevin montre qu'il n'en a aucune expérience.

## 3 – LE CAFETIER

À six heures trente, comme chaque matin, mon horloge interne m'extrait de mon lit, présentement la couchette de sous-marin d'une chambre d'hôtel miteuse.

La mairie de Saint-Pierre l'Étoile n'ouvre qu'à neuf heures mais j'ai douze kilomètres de collines à courir entre mon hôtel et la mairie. À peu près ma dose d'entraînement quotidien pour espérer conserver un niveau physique GIGN. L'année prochaine, je serai la première femme à intégrer la force d'intervention du groupe. L'événement ayant été annoncé à la presse avec tambours et trompettes, mon état de forme est suivi par mes futurs chefs comme celui d'une danseuse du Crazy Horse.

Que j'aurais pu faire aussi ?

Moi, danser à poil sur un podium ?

Je m'admire dans le miroir placardé sur la coque en plastique de la cabine de douche. À part que la direction du cabaret préférera une meuf avec des seins plutôt que des pecs, c'est clair que je coche toutes les cases. Selon mon père adoptif, ma morphologie de sprinteuse et mes cheveux noirs, naturellement lisses et brillants, indiqueraient l'origine karane de mes vrais parents. À noter, puisque ça compte également dans l'effeuillage, un visage de maharani d'un angélisme paraît-il trompeur. La modestie n'est pas le genre de la maison, effectivement.

Jogging : effectué dans un chrono honorable.

Anatomie de nymphe : transférée de la tenue de sport militaire dite rénovée à mon uniforme, après une toilette à l'eau claire au local technique municipal.

Destination : le café du village, baptisé « Chouette bar », en rez-de-chaussée de la bâtisse en pierres jaunes qui ferme la place.

Je traverse l'esplanade du village entre la mairie, le parvis d'une église d'architecture contemporaine quelconque et le muret de clôture d'une prairie versant, au loin dans la perspective, sur la métropole lyonnaise au pied des Alpes. Derrière la bâche imprimée toute neuve qui lui sert d'enseigne, un bistrot dont le local n'a pas été ravalé depuis la Libération. Pas tellement plus avenante, une maigre clientèle me mate sans me saluer. En l'occurrence, trois quinquagénaires moroses attablés autour d'un pichet de blanc, une femme blonde penchée sur une tablette dans le coin banquette, dont je saurai plus tard qu'elle est l'agent d'assurances du village et, debout à l'extrémité d'un zinc poisseux, deux artisans en bleus de travail à la bière-pression.

Je vais me percher sur un tabouret à l'autre bout du comptoir.

Le sexagénaire à queue de cheval qui me reluque de l'autre côté d'un regard bas désinhibé prend ma commande :

– Qu'est-ce que je vous sers ?

– Un café, s'il vous plaît.

Le taulier se tourne vers un percolateur qui, comme le reste, mériterait un coup de karcher.

– Bonne musique. C'est qui ? je demande.

– Beth Hart, répond l'autre en sortant ma tasse de la machine d'une main tremblotante.

– C'est pas une chanson de Tina Turner ?

Une lueur d'humanité éclaire fugitivement la face libidineuse :

– Ouais. *Nutbush City limits.* C'est le patelin où elle est née, encore plus naze qu'ici il paraît. Mais la meilleure version, c'est Bob Seger.

– Connais pas.

– Je vous la mets.

Le DJ se détourne à nouveau pour manipuler un téléphone portable posé sur une étagère entre deux bouteilles de sirop.

Cinq secondes après, la version rock du morceau claque dans les enceintes antédiluviennes accrochées aux quatre coins du rade.

Les consommateurs dressent la tête à l'unisson pour exprimer leur allergie au vacarme. Le patron, qui s'en tamponne, fait le tour du comptoir pour venir me coller, au prétexte de me déposer ma tasse devant moi. En même temps, je ne vais pas dire que ce n'est pas ce que je cherche.

La part du breuvage qui n'a pas été renversée dans la soucoupe m'arrache un spasme :

– Votre café est infect et vous ne respectez pas la distance barrière.

– Z'êtes là pour l'hygiène ? me chambre l'affreux.

– Si c'était le cas, vous seriez couché par terre avec des menottes dans le dos.

– J'ai rien contre, blague encore une bouche à moitié pleine de dents mal rangées et trop près de la mienne. Ici c'est un bar associatif. Le local, le café et moi, tout est douillé par la mairie. Comme elle va au moins cher, c'est crade, pas bon et mal servi. Y a pas d'autre moyen de garder un commerce par ici. En dehors de la pharmacie, bien sûr, où c'est pas près de manquer de vieux pour défoncer le trou de la sécu.

– Le « Chouette bar », c'est votre touche personnelle ?

– Qu'est-ce qui vous fait croire ça ?

– Ici, il y a que l'enseigne qu'a moins de cent ans.

– Bien observé. Avant de couler, la taule s'appelait « Le Joug de bœuf ». Quand la mairie a racheté la licence pour monter l'asso, il a fallu trouver autre chose... Moi je voulais « La Plage ». J'avais commencé à coller des photos de gonzesses qui jouent au volley en string ou qui se passent du monoï sur les miches, mais les autres peigne-culs ont pas aimé. Z'ont préféré la chouette qu'est l'emblème du village, comme si tout le monde s'en branlait pas. De toute façon, même en refaisant tout avec un nom moins bidon, ça changerait rien. Y a plus de clients.

– Comment ça se fait ?

– Les gens ont les foies.

– De quoi ?

– À votre avis ?

– De la pandémie ?

Le taulier m'adresse une mimique de connivence pour me signifier qu'il sait en arriver là où je voulais en venir.

Il est bien le seul.

– OK, si vous voulez la jouer comme ça, je fais semblant de vous rencarder... Avant qu'on enferme tout le monde, on avait deux cambriolages par semaine, avec une camionnette blanche que tout le monde voyait tourner dans le patelin sauf les condés. Depuis qu'on a rouvert, c'est reparti pareil avec, en plus, les agriculteurs qui se font chourer du matos en plein jour et des échappés de l'asile qui tripotent des gamines sur le chemin de la gare ou qui charcutent le bétail la nuit...

– Vous croyez que je suis là pour ça ? je m'étonne sincèrement.

– Bien sûr que non. Si la gendarmerie voulait nous protéger plutôt que s'embusquer derrière des radars, ça se saurait. Votre problème, c'est pas la racaille qui vous donne du taf, c'est les justiciers qui vous le prennent.

– Quels justiciers ?

Mon chroniqueur tourne la tête vers la salle pour voir si la clientèle s'intéresse à notre conversation ou requiert ses services.

– Vous voyez les trois éponges derrière, reprend-il. C'est le bureau de la société de chasse. L'été dernier, le gros avec la casquette Ricard a flingué une vieille à travers la haie de son jardin. Elle était en train de pailler un plant de tomates. Il l'a prise pour un sanglier. Paraît qu'ils viennent retourner les jardins, vu que la bétonisation leur laisse plus rien à bouffer. Si un cyprès avait pas dévié la chevrotine, la mémé y aurait pas laissé qu'une oreille. Maintenant, lui et toute l'équipe, ils voudraient bien finir de dézinguer le gibier, les passants et les clébards qu'ils ont ratés l'année dernière, mais la chasse est fermée jusqu'à fin août. Du coup, pour pas s'emmerder, ils profitent que la police roupille pour faire le boulot à sa place.

– Ça consiste en quoi, faire le boulot de la police à sa place ? demandé-je, focalisée sur mon abdomen, afin de refréner par un exercice de cohérence cardiaque mon envie de faire voler le manspreader de son tabouret.

– À patrouiller la nuit dans le village avec des arbalètes de chasse au mammouth... Mais moi, je suis comme vous, je préfère me faire braquer par un voyou de métier que par mon beauf à deux grammes.

Je comprends pourquoi le bistrotier a mis sa sono à fond. Sauf que, là encore, ça me parle de tout sauf de ce que je cherche.

– Il paraît qu'un candidat aux élections roulait pour eux, avancé-je, alors que revient se patcher contre moi la ventouse humaine, partie un instant relancer sa playlist.

Du R&B, Wilson Pickett ou Al Green, je dirais. Bon mais toujours trop fort.

– Si vous voulez parler de Morel, il roulait que pour sa gueule.

– Un de vos clients ?

– Avant l'élection, il se pointait avec sa clique tous les samedis matin pour serrer des louches et payer des tournées. Conservé, bronzé à la lampe, la tchatche avec les blaireaux et la main au panier de leurs gonzesses, il en avait pour tout le monde. Et même pour moi. Si je faisais sa pub maintenant, quand il serait élu, il ferait recouvrir ma terrasse sur tout le parvis pour y faire coworking.

– Vous avez accepté ?

Le bistrotier se décolle de ma hanche pour me faire savoir en face que je l'insulte :

– Je vote pas. Et même si je votais, je saque pas les militaires... À part quand ils sont gaulés comme vous, bien sûr.

Bien dit mais on s'égare à nouveau.

– Quelle était sa tendance politique ?

– Tendance lèche-boules. Au comptoir, il jouait le burné qui va ramener la sécurité dans le village parce que c'est le style des bourrins du samedi matin. Si j'avais fait gay-club à la place, il serait venu en string.

– Et son équipe ?

– Des crevards. Y avait que la prof allemande, qu'est adjointe, qui tenait la route... Un poil bêcheuse et écolo casse-couilles, mais classe. Et bonne en plus.

Le taulier retourne derrière son bar pour descendre le volume, me signifiant la fin de nos messes basses :

– Je remets Beth Hart. Écoutez Joe Bonamassa derrière. C'est le guitariste. Il a une tronche d'expert-comptable mais c'est une tuerie.

– Merci mais je dois y aller.

## 4 – MADAME LA MAIRE

Je me présente à la mairie à neuf heures. Comme convenu, la directrice générale des services ne paraît pas. C'était prévu mais dommage. Après cinq minutes d'attente sur le banc de l'entrée, la réceptionniste gothique mais néanmoins sympathique, Jasmine, me conduit dans le bureau de la mairesse.

La dame, en chemise blanche à jabot et veste à carreaux bleus, m'attend assise sous le portrait d'Emmanuel Macron.

– Bonjour madame.

– Asseyez-vous, me répond-elle sans esquisser la moindre civilité.

Considérons qu'on s'en tient aux gestes barrières.

– Hier soir, notre policier intercommunal a fait irruption en pleine commission pour se plaindre de vous. Il paraît que vous exigez une perquisition illégale ?

– Pas du tout. J'interviens dans le cadre d'une enquête interne hors de toute procédure judiciaire. J'ai demandé à votre policier de me faire rencontrer un témoin à son domicile. Rien de plus.

Madame la maire me sonde de l'air soupçonneux qui, à d'autres, doit inspirer stupeur et tremblements :

– Pourquoi cette enquête interne, rappelez-moi ?

– L'état-major des armées souhaite un rapport sur chaque décès d'officiers potentiellement détenteurs d'informations sensibles. C'était le cas de Gérald Morel.

– Pourquoi deux mois après sa mort ?

– Le confinement a perturbé notre gestion du personnel, préféré-je affirmer plutôt que confesser m'en inquiéter moi aussi.

La mairesse me dévisage à travers ses lunettes en écaille orange avec une moue me signifiant qu'elle achète ce que je lui vends pour le demi-bobard ordinaire des échanges interadministratifs.

– Comment allez-vous procéder ?

– Pour l'essentiel, recueillir des témoignages de l'entourage de Morel.

– Pendant combien de temps ?

– Sauf complication, jusqu'à demain soir.

– Le policier intercommunal est en arrêt de travail depuis ce matin. Notre garde champêtre le remplacera. Vous voudrez bien le dispenser de toute autre tâche que de vous transporter. Jasmine vous mettra en contact. Si vous souhaitez vous installer ou interroger quelqu'un aujourd'hui en mairie, vous pouvez disposer de la salle du conseil jusqu'à 18 heures. Vous y serez mieux qu'au café, que je ne vous recommande pas bien qu'il soit géré par une association paramunicipale.

– Merci pour ces aménagements. Quel est le problème avec votre policier intercommunal ? hasardé-je.

– Un contentieux ancien avec la municipalité pour une question d'affectation. Rien à voir avec votre enquête.

Rien à voir ? Je me promets quand même de vérifier.

– Excusez mon indisponibilité d'hier, reprend la mairesse, mais la Covid me prive de mon adjointe à l'urbanisme...

Avez-vous idée de la charge de travail que représente l'urbanisme dans une mairie comme la nôtre ? Les vallées de l'Ouest lyonnais sont les couloirs de périurbanisation de la métropole. Avec la pandémie qui accélère ce que l'on appelle maintenant exode urbain et sans plus de surface minimum pour construire, ni de coefficient d'occupation des sols, notre commune subit une pression immobilière insensée. Quand mon adjointe est hospitalisée et qu'aucun élu ne peut la remplacer, c'est à moi d'y faire face.

Estimant qu'il n'y a rien dans ces problèmes en rapport avec le mien, j'y retourne :

– On me parle d'une enseignante allemande sur la liste électorale de Morel. C'est votre adjointe hospitalisée ?

Refroidissement du premier magistrat :

– Alexandra Schneider est une élue de l'opposition. Quand une voiture a renversé mon adjointe attitrée, je lui ai confié l'urbanisme faute d'alternative dans ma liste. C'est une décision que j'ai dû imposer à mon équipe mais dont tout le monde n'a eu qu'à se féliciter par la suite.

Je ne sais pas si la question présente le moindre intérêt pour mon enquête mais je me sens en terrain miné, donc j'insiste :

– Pourquoi fait-elle campagne contre vous aujourd'hui ?

– Pourquoi pas ? Alexandra reste une conseillère de la liste minoritaire. Rien ne lui interdit de s'engager pour qui elle veut lors des élections.

– Tout est donc parfaitement normal, raillé-je pesamment.

– Rien n'est normal depuis des mois, riposte la daronne.

Je la gonfle au point qu'elle se replonge dans la paperasse sur sa table, comme si je m'étais dématérialisée de son bureau.

Au bout d'une bonne minute, elle se redresse l'air navré de me trouver encore là :

– Si c'est ce que vous voulez entendre, sachez que oui, voir des élues de qualité, à qui j'ai confié des responsabilités, me préférer un opportuniste, m'afflige profondément.

– Morel, un opportuniste ?

– Et un charognard. Agnès Girardin, mon adjointe à l'urbanisme avant Alexandra, représente une famille influente de la commune. Figurez-vous que Morel l'a convaincue d'intégrer sa liste, sous prétexte que lui avoir demandé de se faire remplacer après son accident constituait un abus de faiblesse de ma part.

Je me tiens coite. La mèche est allumée, mais souffler dessus trop vite peut tout aussi bien l'éteindre.

De son côté, la mairesse balance entre son désir de me voir disparaître et celui de dézinguer la concurrence. Elle cède au second :

– Morel s'est souvenu qu'il était né à Saint-Pierre trois mois avant le premier tour des élections. Jamais auparavant il n'avait participé à la vie de la commune. Son mariage avec une Pierrotine a été célébré à la mairie de la Croix-Rousse, jugée sans doute moins rustique. Lors de ses réunions électorales, il se prétendait attaché indéfectiblement au village mais éloigné de son quotidien par un emploi accaparant au service du pays. Un mérite qu'on ne peut lui enlever est d'avoir emporté le premier tour d'une élection municipale sans autre ancrage local qu'une filiation dégénérescente.

On est pressée mais on aime s'écouter parler. Atteindrait-on sa position éminente autrement ?

– C'est-à-dire ? demandé-je d'un ton de politesse formelle devant masquer ma curiosité piquée pour le pedigree de mon client.

Le politique sent la dissonance dans le verbe comme le requin une goutte de sang dans l'océan. Pour me le rappeler, un demi-sourire acide zèbre fugacement un visage carré et ridé mais animé plaisamment d'un tempérament bouillant :

– Après lui, il ne reste ici de son patronyme qu'un caveau familial monumental occupant presque un quart du cimetière. C'est le vestige d'une époque où l'un de ses aïeux, petit patron de la soierie et maire de la commune, prénommé Marcelin, décida que ses bienfaits pour la collectivité méritaient un mausolée. Il fit adopter une résolution municipale, dérogatoire au motif de services rendus, lui accordant la cession et non, comme veut l'usage, la concession d'une parcelle du cimetière. La ruine de son entreprise, dans la faillite de toute la corporation à partir des années trente, dispersa sa descendance jusqu'à ce qu'il n'en demeure plus un seul rejeton domicilié à Saint-Pierre. Je ferais raser l'édifice si la sœur de Gérald Morel, dernière vivante de la lignée, qui n'habite même plus la commune, ne refusait de rétrocéder son terrain au domaine public aux conditions d'indemnisation qu'il peut lui consentir. Elle attend au contraire l'opportunité de vendre au meilleur prix à un investisseur privé. Si Morel avait été élu, croyez bien que la transaction serait intervenue rapidement, sans que la mairie n'y oppose son droit de préemption.

Ajouter la sœur de Gérald Morel à la liste des suspects.

La rancune de la mairesse sonne juste mais si Morel n'avait aucun poids dans le village, pourquoi a-t-il étrillé les sortants au premier tour de scrutin ? Telle est ma question. En d'autres termes je la pose :

– À quoi doit-il sa percée, selon vous ?

Ça ne passe toujours pas :

– Comme que je viens de vous le dire, il a su se présenter en enfant du pays, contrairement à moi qui suis stéphanoise, et faire campagne sur les peurs du moment.

– Des peurs qui pourraient avoir un lien avec sa mort ?

– Qu'est-ce que vous voulez dire ?

– Il paraît qu'une milice équipée d'arbalètes patrouille la nuit sur votre commune.

– Quelques abrutis s'en seraient effectivement vantés dans l'euphorie de pouvoir s'alcooliser de nouveau au bar dès le matin. Aucune trace, ni témoignage de ces faits d'armes n'a été relevé, pas plus qu'une moindre inflexion de l'insécurité dans la commune. De toute façon je ne vois pas le rapport, Morel n'a pas été tué par une arbalète, que je sache.

– Il se dit aussi qu'il dérangeait beaucoup de monde.

– Prétendre déranger est la rengaine des populistes… J'espère que vous n'étayez pas vos investigations sur des ragots de comptoir.

– Vous ne voyez donc personne qui aurait pu lui en vouloir ?

Nouvelle fausse note qui n'échappe pas à la mairesse. « Enquête administrative mon c… », pianote-t-elle en morse sur son plateau, avant de me répondre :

– Si, la majorité du corps électoral et moi… En avons-nous fini ?

– Une dernière question, pour ma gouverne. Comment va se passer le deuxième tour des élections ?

– Le gouvernement devrait le programmer avant les vacances d'été, probablement fin juin. La loi ne prévoit aucune disposition particulière pour le décès d'une tête de liste entre les deux tours d'une élection municipale. Si c'est le fond de votre question, je ne vois pas comment la liste Morel pourrait se maintenir.

– Et dans ce cas ?

– Dans ce cas, il n'y aura plus en lice que ma liste et celle des écologistes.

– Ont-ils une chance ?

– Pas la moindre. Ici comme ailleurs la question environnementale devient transversale, à telle enseigne qu'il est admis, pour paraphraser Clemenceau, qu'elle est trop grave pour être confiée à des écologistes.

Je sens la femme attendre une insolence de ma part, dans le genre de lui demander si, pour paraphraser moi aussi, Voltaire dit-on, le malheur des uns ne fait pas le bonheur des autres.

Ne la voyant pas venir, elle lâche son stylo sur son maroquin et se penche en arrière pour contempler la porte. « Dégage », en langage bureaucratique.

J'obtempère après remerciements et vœux de bonne journée, insincères de part et d'autre.

## 5 – DAMIEN

Le garde champêtre m'attend devant la mairie, au volant d'une fourgonnette marquée de deux chouettes hagardes sur un blason écarlate, les armoiries du village, et d'un patchwork de logos d'artisans du cru. Partenariat public-privé bien compris, me dira-t-on.

– Bonjour, me fait-il simplement alors que je pose mon inestimable fessier sur un siège pas très net.

– Bonjour. Vous savez où nous allons ?

– Au Mont-Rolland ?

– Exactement.

Mon chauffeur est un quadragénaire en léger surpoids mais dans la forme éclatante du travailleur de plein air. Une impression de fit renforcée par une mise en beauté de mannequin métrosexuel, avec un visage luisant de lotion hydratante, orné d'une coupe undercut et d'une barbiche taillée au laser. Ajoutez au portrait un anneau d'argent discret à l'oreille droite et le tatouage au bras d'un joli petit lézard grimpant sous une manche de la chemisette.

Alors que le hipster des champs fait tourner son utilitaire pour l'engager dans la grande rue, mon téléphone bipe. C'est Marina : « Bjr Lnt. Élise Morel (12 allée de la Cotelière / 07 05 25 78 79) disponible pour vous recevoir jusqu'à 14h. Bonne journée. »

Selon Jasmine, on est partis pour une demi-heure de route. À part répondre à quelques mails sur mon téléphone, qu'est-ce que j'ai de mieux à faire que d'essayer d'avancer mon enquête ? Les locaux que j'ai interrogés jusqu'à présent se sont tous montrés disposés à balancer leurs voisins. Le problème est que seule Marina m'a dirigée vers une piste sérieuse. Doit-on en déduire que je n'obtiens rien sans coucher ?

Il faut que je trouve une alternative.

Un truc que je n'ai encore jamais essayé.

Être aimable ?

Banco :

– Merci de m'emmener. Je suis sûre que vous avez mieux à faire mais il n'y a aucune gare à proximité du fort.

– C'est un centre de commandement militaire, ça doit être fait exprès, rétorque le bellâtre.

Je passe sur le soupçon d'ironie, toujours mieux que « Pourquoi tu prends pas un Uber ? », et je persévère :

– Bien pensé... Je suis le lieutenant de gendarmerie Meyer, de la brigade territoriale autonome d'Île-de-France, détachée à l'état-major des armées pour des missions de police militaire.

« Quelle mission vous amène par ici chère madame ? » m'irait bien. Mais rien.

– Et vous ? m'obstiné-je.

– Je suis Damien Robichon, le garde champêtre de Saint-Pierre.

– Enchantée... Savez-vous ce qui rapproche nos métiers, au-delà de l'impopularité chronique du service de la loi en uniforme ?

– Pas plus que ça.

– Nous représentons des corps de l'État parmi les plus anciens de la nation. Au Moyen Âge, la gendarmerie s'appelait maréchaussée. C'était une unité militaire de police des armées réprimant les pillages commis par des soldats et des mercenaires désœuvrés, après la guerre de Cent Ans notamment. À la Renaissance, des pouvoirs de police étendus à toute la population, et plus seulement aux militaires, lui ont été attribués par François 1er. Elle est devenue Gendarmerie Nationale en 1791 avec, pour missions, le maintien de l'ordre et l'exécution des lois de la République. Depuis, elle veille principalement à la sûreté du monde rural. Quant à l'ascendance du garde champêtre… si vous voulez la connaître ?

– Volontiers.

Bien aimable.

– Le garde champêtre date de l'ancien droit des provinces de France dans le haut Moyen Âge. Il avait pour fonction de protéger les moissons des glaneurs, d'où l'une de ses appellations de « messier » en vieux français. Au XVIIe siècle, Louis XIV y adjoignit un rôle de garde-chasse. Pendant la Révolution française, le garde champêtre devient policier rural et agent de la force publique, comme le gendarme avec qui il partage la surveillance des campagnes.

Inutile de préciser à mon auditeur que, si je dépasse les attendus de mon poste en histoire et en baston, que j'enseigne, je rame dans les matières juridiques communes à nos professions.

– Qu'est-ce qui vous a amené à ce métier ? demandé-je, mes efforts déclamatoires n'ayant toujours pas amorcé la conversation.

– Ma femme et moi nous sommes rencontrés dans un labo pharmaceutique des Yvelines. Elle était visiteuse médicale et moi chef comptable. Quand elle a hérité de la ferme de ses parents à Salvagny, dans le même canton que Saint-Pierre, nous sommes venus nous y installer, sans autre motivation que de quitter la région parisienne. Après quelques années de galère dans la permaculture, nous nous sommes convertis dans une bergerie biologique, avec une boutique et un réceptif pour des séminaires. Et puis nous avons divorcé. J'ai laissé notre affaire à ma femme et cherché n'importe quel emploi me permettant de rester proche de mes enfants. La mairie de Saint-Pierre devait recruter un nouveau garde champêtre. Comme j'y étais connu, j'ai été invité à passer le concours et j'ai obtenu le poste. Ça fait six ans maintenant.

Je marque le temps d'assimilation empathique qui convient, après cet exposé un peu longuet mais qui explique au moins le vocabulaire châtié et l'absence d'accent indigène de mon chauffeur.

– Quelles sont les missions d'un garde champêtre aujourd'hui ? m'enquiers-je avant que la question de la vocation ne me soit retournée.

– Il fait appliquer les pouvoirs de police du maire en matière environnementale, sociale et sécuritaire.

– Il semble que ce soit ce dernier domaine le plus compliqué.

Robichon profite d'une conduite de père de famille sur la nationale pour me signaler, d'un masque d'agacement, la première approximation de mon approche corporate :

– C'est un gros sujet de bistrot mais le dernier de nos problèmes. À Saint-Pierre, l'insécurité se limite à quelques cambriolages saisonniers et des violences domestiques, lamentables mais marginales, même durant le confinement.

Reprendre de la distance :

– C'est quoi le premier de vos problèmes ?

– Le déclin de l'agriculture. Début mai, comme l'année dernière, nous avons eu de la grêle puis deux nuits consécutives de gel au-dessous de moins cinq. Le viticulteur du village y a perdu sa récolte de blanc. Cet été, si nous alternons à nouveau des pluies de plus de huit millimètres par heure et la canicule, c'est toute la production agricole de la commune qui sera menacée. C'en est arrivé à ce que plus un paysan ne veut transmettre à ses enfants.

– Comment y remédier ? m'intéressé-je poliment.

– Une exploitation agricole a besoin de se développer, comme n'importe quelle entreprise, et plus encore quand le dérèglement climatique chamboule ses prévisions de rendement. Il faut lui permettre de s'agrandir pour accroître et diversifier sa production et, d'autre part, surtaxer les produits alimentaires importés par la grande distribution.

Une correction de cap s'impose avant qu'on ne plonge dans le rapport annuel de la PAC :

– Vos élus ne poussent pas dans ce sens ?

Damien Robichon relève la niaiserie de ma question d'un coup d'œil supérieur mais mord à l'hameçon :

– Les élus sont élus pour maintenir les habitudes, pas pour les changer. Prendre des terres à la voiture, aux grandes surfaces et au logement individuel, pour les rendre à l'agriculture, ne va pas dans le sens de l'histoire. Le dernier tronçon de l'autoroute A89 vient d'artificialiser seize pour cent de la surface de la commune. La zone commerciale de Chantôme, où tout le village fait ses courses, s'étend en permanence. Il y a deux ans, c'était un deuxième supermarché, l'année dernière, une halle de jardinerie et, aujourd'hui, un Mac Do et un centre-auto...

– Quelle est la position de votre maire ?

– Elle fait ce qu'elle a promis pour sa réélection, de « l'écologie au quotidien ».

– Ça consiste en quoi ?

– À appeler végétalisation de l'espace public l'installation de jardinières en béton sur la place du village ou, plan de mobilité douce, la peinture de petits vélos blancs sur les voies municipales. Du vent, si vous préférez.

– Vous ne craignez pas de critiquer votre patronne devant moi ?

– La maire est ma patronne mais pas mon employeur. Les maires passent, les municipaux restent.

Rébellion larvée, une tradition française mais, peut-être aussi, une passerelle pour mes affaires :

– Vous voulez dire que vous attendez mieux d'un autre candidat ?

– Contre les sortants, il ne reste que les écologistes. Ils entravent les projets d'autoroutes ou d'antennes-relais, ils montent des collectifs et des tiers lieux éphémères, ils animent des blogs pour le jardinage écoresponsable ou la préservation de la chauve-souris. Le problème c'est que l'addition de bonnes pratiques ne fait pas la réforme du territoire dont nous avons besoin.

– Ça n'est pas ce que proposait l'équipe « Saint-Pierre sécurisé » ?

Encore tout faux. Bien que nous grimpions maintenant les lacets d'une colline de pins, réclamant une conduite attentive, j'essuie un nouveau coup d'œil désapprobateur :

– Ou est-ce que vous avez trouvé ça ? Pas une ligne de leur programme ne parle d'agriculture.

OK, on laisse tomber les banderilles :

– Vous êtes au courant que j'enquête pour l'armée sur le décès de leur tête de liste ?

– Ça commence à se savoir.

– Qu'en pensez-vous... entre agents de l'État assermentés ?

Le garde champêtre se reconcentre un moment sur la route pour doser ce qu'il pourrait avoir envie de me confier :

– Qu'est-ce que vous cherchez exactement ?

– La confirmation de la mort de Morel par la Covid-19.

– Vous avez son certificat de décès ?

– Évidemment, réponds-je, heureuse de faire attester de mon professionnalisme le seul document officiel dont je dispose.

– Il ne répond pas à la question ?

– Vous vous y connaissez en certificat de décès ? me cabré-je involontairement.

– J'en lis quelques-uns. Vous pourrez rajouter à votre cours d'histoire que la surveillance des opérations funéraires relève de la compétence du policier rural.

Je lui riverai son clou plus tard. En attendant, autant profiter de la leçon. J'affiche le scan du formulaire sur mon téléphone :

– Il est écrit que la mort de Morel, constatée le 27 mars à 8 h 15, est réelle et constante. Si cela vous apprend quelque chose, merci de me l'expliquer.

– Il y a un questionnaire en dessous. Quelle est la réponse au premier item ?

– « Obstacle médico-légal » ?

– C'est ça.

– La réponse est « Non ».

– Ça veut dire que le médecin qui a signé le certificat n'a relevé aucun indice de suicide ou d'homicide, m'édifie le croque-mort auxiliaire.

Je confirme mon incompétence en la matière en ne trouvant pas d'autres questions à poser.

Bon garçon, Damien y pourvoit :

– L'obligation de mise en bière immédiate est-elle cochée ?

– Oui. Qu'est-ce que ça signifie ?

– Qu'il est conclu à la mort par une maladie contagieuse, implicitement la Covid-19.

– Pourquoi implicitement et pas noir sur blanc ?

– Secret médical. La cause de la mort et les états morbides éventuels ne sont stipulés que sur le volet médical du certificat.

D'un pouce irrité, je descends le document sur mon écran pour voir si je n'ai rien oublié. Mais non :

– Je ne l'ai pas.

– Normal. Il est réservé à l'Agence Régionale de Santé.

Le dernier acte de décès que j'ai vu passer portait la mention « Mort pour la France ». Oui, c'est ma première enquête dans le civil. Non, je n'ai pas trouvé mes galons d'officier de gendarmerie dans un vide-greniers.

– Donc c'est bien le coronavirus qui a tué Morel, inféré-je.

Le conducteur se concentre quelques secondes sur la route de plus en plus sinueuse :

– Certainement... Je peux même vous assurer qu'il ne prenait aucune précaution pour s'en protéger.

– Comment ça ?

– Au printemps, je fauche l'ambroisie le long des sentiers de la colline de Saint-Pierre. De là-haut, j'ai remarqué que la maison de Morel avait deux entrées. Un portail dans l'allée intérieure du lotissement pour le tout-venant. Une porte dans le mur d'enceinte, entre le jardin de la maison et la vigne dehors, pour des rencontres discrètes.

C'est ça la mission d'officier de police judiciaire ? Nourrir un bavardage insipide pour grappiller des indices en pièces détachées ? C'est trop de patience. Pourquoi me tarde-t-il de rejoindre le GIGN ? Parce qu'il intervient après que le négociateur s'est fait tirer dessus.

– Vous avez une idée de qui visitait Morel en cachette ?

– Jusqu'au confinement, le 17 mars, je me suis contenté de regarder passer des ombres par la porte arrière. Le mercredi suivant, par contre, j'ai coursé le premier que j'ai vu sortir de chez Morel. On s'est retrouvés au bout du sentier qui contourne le lotissement. Je lui ai collé une prune de cent trente-cinq euros, pour défaut d'attestation de déplacement dérogatoire, et pour me prendre pour un con en me racontant qu'il faisait des courses pour sa vieille tante.

– Avez-vous vu d'autres individus entrer chez Morel entre ce moment et la nuit où il est mort ?

– Non. Ou plus personne n'a emprunté la porte de derrière ou on s'est donné le mot pour s'assurer avant que j'étais pas dans les parages.

– Je pourrais récupérer l'avis de contravention ?

– Je le laisserai cet après-midi à Jasmine, dans une enveloppe à votre intention.

Une première pièce à verser à mon rapport. On avance.

## 6 – COLONEL MARCHAND

Le radar palmier du Mont-Rolland que l'on voit de loin, dominant la vallée de la Saône, excite le fantasme de ce qu'on ne voit pas. Comme un réseau de souterrains desservant une ville troglodyte futuriste, sillonnée de nacelles électromagnétiques pleines de savants en blouse blanche. Faut-il plutôt écrire savant·e·s ? Si ce n'est que pour moi, on peut écrire savantes tout court et stipuler nues sous des blouses transparentes. On ne ferait quand même pas moins pour la sécurité, dans un QG de guerre des étoiles, que dans un labo de cocaïne. Et pour monter la garde, des patrouilles de James Bond girls dans des combinaisons de plongée aux zips défectueux. Et non, toujours pas gênée par les stéréotypes.

L'entrée du fort ne révèle du mystère qu'un vaste parking s'étendant le long d'une double enceinte de grillage coiffée de barbelés en rouleaux. Derrière, un no man's land pelé court jusqu'à un blockhaus aveugle d'une quinzaine de mètres de haut, au-dessus duquel pointe le dôme du radar.

J'abandonne le garde champêtre sur la promesse de ne pas le laisser lanterner plus d'une demi-heure dans la fourgonnette et me dirige vers l'entrée du tunnel en tôle, qui relie la clôture à l'édifice.

Un soldat posté derrière un guichet se lève pour me saluer.

– Bonjour, je suis le lieutenant de gendarmerie Rudy Meyer. J'ai rendez-vous à 10 heures avec votre directeur du personnel.

Le planton compare ma plaque, que je lui ai glissée sous l'hygiaphone, à ce qui s'affiche sur son écran :

– Bienvenue Lieutenant. Le colonel Marchand vous attend dans la zone de sécurité. Une sentinelle va vous y conduire.

Gants noirs et HK416 en bandoulière, l'un des deux soldats au garde-à-vous de part et d'autre de la guérite vient se présenter devant moi :

– Si vous voulez bien me suivre, lieutenant.

Salut militaire de bas en haut du corps, tenue impeccable, maintien et regard droits, politesse au cordeau, pas de « mon » devant « lieutenant » comme il se doit dans l'armée pour une femme, j'aime.

Dommage qu'il ne soit pas prévu de m'emmener en coulisses. De quoi je le déduis ? Des trente mètres de couloir cimenté que nous parcourons, avant que mon escorte ne pousse la porte d'un box vitré, type parloir de prison. On est en zone tampon, même pas un pied dans la base.

Tempes grisonnantes sous sa casquette blanche, lunettes en acier bleuté et mains croisées dans le dos de son uniforme des officiers de l'armée de l'air, un quinquagénaire m'attend derrière une table étroite :

– Bonjour lieutenant. Je suis le colonel Marchand, DRH de l'OPA. Asseyez-vous, je vous en prie.

– Bonjour colonel, lieutenant Rudy Meyer.

Nous empruntons deux chaises métalliques dont le design austère est clairement pensé pour prévenir tout assoupissement. Sur le plateau entre nous ont été déposés une chemise en carton jaune fermée par des élastiques et un PC portable tombé de l'espace. Le colonel y ajoute sa casquette d'un blanc immaculé, histoire de me faire admirer une brosse virile et me vamper sans obstacle d'un regard gris métal d'une intensité travaillée :

– Je ne comprends pas pourquoi déplacer un officier parisien pour retirer un dossier ici, plutôt que de le télécharger. Et ne me rappelez pas que je n'aurais pas atteint mon grade si j'attendais de comprendre les ordres pour les exécuter.

Non, j'allais te dire que je ne comprends pas non plus. Mais je ne te le dis pas car l'expérience m'a appris que les gradés qui se la jouent distanciés font souvent des faux culs.

Je sors un carnet et un stylo pour recueillir la bonne parole. Habituellement, je prends des notes sur mon téléphone mais je crains que cela nuise à la solennité d'un entretien officiel.

Le colonel DRH tire sa veste boutonnée vers le bas et entame de m'instruire, non sans une légère suffisance :

– L'Office de Protection Aérienne de l'OTAN est une unité pluridisciplinaire de cent cinquante-cinq personnes. Elle a pour mission la surveillance ininterrompue de l'espace aérien et le déclenchement de toute mesure de défense lorsqu'elle détecte un danger. Aéronef mal intentionné typiquement. Si je vous rappelle la finalité de l'OPA, c'est parce qu'elle implique une exigence ultime, tant dans la performance technologique nécessaire au contrôle aérien militaire, que dans la coordination avec les autorités internationales pour la protection territoriale. Ce préambule pour vous inviter à ne jamais perdre de vue que la carrière d'un officier du Mont-Rolland consiste en une astreinte permanente, dans un pôle d'excellence mondial.

– Chaque ligne de mon rapport s'inscrira dans cette perspective, ironisé-je respectueusement.

Le vieux beau me jauge avec un demi-sourire indiquant un premier bilan positif me concernant. Positif dans le sens bonne à tirer, précise son regard mouillé :

– Je vous en remercie d'avance... Peut-être pourrez-vous rester déjeuner. Auquel cas, je vous fais réserver immédiatement un couvert à ma table et me libère pour vous faire visiter ensuite nos installations.

– C'est très aimable à vous, mon colonel, mais je dois rencontrer un témoin en fin de matinée.

– C'est bien dommage.

Marchand tourne son PC high tech vers moi pour me présenter la photo d'un pilote. Posant en combinaison de vol, casque à la main devant un avion de chasse, il adresse à l'objectif un sourire autosatisfait. Mirage 2000-C RDI de la cinquième escadre de chasse de la base aérienne d'Orange-Caritat, je dirais. Mon ordre de mission ne contenant aucune pièce de son dossier, pas plus qu'aucun document d'ailleurs, c'est la première fois que je vois Morel. Brun bien foutu dans les trente-cinq ans, beau gosse si on aime le genre macho viveur, des traits latins un tantinet bestiaux si on n'aime pas. Léger couac du top gun, sa médaille de l'Aéronautique épinglée au blouson devant un chasseur armé de son attirail de missiles GBU, SCALP et compagnie. Les décorations se portent en tenue de cérémonie et non de combat. Ou ça fait bouffon.

– Gérald Morel est né le 29 avril 1967 à Saint-Pierre l'Étoile. Il obtient un bac S avec mention au lycée du Parc en 1985. Admis au concours d'officiers de l'armée de l'air l'année suivante, sans passer par une prépa, il sort de l'École de l'Air de Salon-de-Provence parmi les mieux notés en 1989. Il commence sa carrière de pilote de chasse breveté à la base de Luxeuil-les-Bains, avant de rejoindre l'unité 115 d'Orange...

– Yes, ne puis-je retenir.

– Pardon ?

– Rien, excusez-moi mon colonel.

– Morel se distingue dans des missions de supériorité aérienne et d'attaque au sol en Irak, en Bosnie et en Afghanistan pour être promu sous-lieutenant et décoré de la médaille de l'Aéronautique. À quarante-trois ans, il est relevé du service actif pour intégrer l'OPA au grade de capitaine chargé de la coordination des cadres détachés de la direction de l'aviation civile. Deux ans plus tard, il devient le gestionnaire du parc informatique de la base...

– C'est une promotion ? interromps-je.

Je n'ai pas dit « d'être muté dans un service d'intendance où on placardise les cadres au seuil d'incompétence, comme toi ? » et c'est pourtant ce qu'a entendu le colon. Qui me le fait savoir avec un brin d'humeur :

– Dans une base de défense balistique active, les services supports sont clés. Comme je pensais vous l'avoir expliqué, nous nous tenons en alerte constante avec notre électronique pour seul armement. Sa gestion ne peut être confiée qu'à des officiers d'élite pourvus d'une formation scientifique et d'un bilinguisme parfait, l'anglais étant la langue de travail des représentants des trente pays de l'OTAN habilités à coopérer sur le site. Tel était le cas de Gérald Morel.

– Demander sa retraite à cinquante-deux ans, n'est-ce pas un peu tôt pour un officier aussi admirable ?

Mon colonel commence à s'essouffler. Ça lui apprendra à prendre la vareuse de son uniforme pour une gaine amincissante.

– Morel a demandé un départ en retraite à l'âge légal minimum pour raison de santé. Le Service des Retraites de l'État, qui jouxte vos bureaux à Paris, vous en aurait informée moyennant un déplacement moins coûteux, voire un coup de téléphone.

– Pouvez-vous néanmoins me préciser les circonstances de cette fin de carrière, s'il vous plaît ?

Marchand pousse vers moi la chemise jaune :

– Vous trouverez le livret militaire de Morel et les échanges de courriers afférents à sa demande de retraite dans cette pochette.

Je l'ouvre sur le livret individuel original de Morel. Je parcours posément sa première de couv avant de commencer une lecture studieuse de sa première page. Moi aussi je peux être relou.

L'autre craque à la moitié de la page deux :

– En novembre 2019, vous avez la date exacte dans le compte rendu en annexe, Morel nous a révélé souffrir de drépanocytose, une maladie du sang le mettant en danger de mort dès lors qu'il se trouverait exposé à une infection respiratoire de type Covid-19... Il nous a demandé la conversion de son poste en télétravail. Cela s'est avéré impossible. En dehors d'un protocole de télécommunications ultra-sécurisées avec les partenaires du Pacte atlantique, le confinement électronique du fort exclut tout travail distanciel.

– Comment se fait-il que vous n'ayez pas eu connaissance de cette maladie avant ?

– Pourquoi l'aurions-nous su ? Le secret médical vaut aussi pour les militaires.

Mais bien sûr.

– Je croyais que l'état de santé d'un pilote de chasse était contrôlé régulièrement, insinué-je.

Ma relation avec Marchand suit le cours normal de la vie d'un couple. Au début je l'excitais, maintenant je l'énerve :

– Quand Morel est entré à l'École de l'Air, on ne dépistait pas encore la drépanocytose chez l'adulte en France. Il ne l'a découverte, lui-même, que lors d'un bilan de santé récent.

– En annexe également, j'imagine.

– Effectivement… Puisque vous menez vos investigations dans la vie civile de Morel, n'oubliez pas que le secret médical protège aussi sa famille.

Comprends pas mais c'est pas le moment de le montrer :

– Qui a proposé son départ à la retraite ?

– L'idée s'est imposée d'elle-même entre le commandement du fort et Morel. Compte tenu du risque sanitaire extrême, nous l'avons libéré définitivement le 11 décembre 2019, grâce à un reliquat de congés et de journées de récupération. Selon une formule un peu aménagée, je le concède.

– Et une pension un peu aménagée ?

– Absolument pas. Morel a perçu la somme correspondant à ses trimestres de service avec la décote maximale. Si le montant de la retraite de Morel préoccupe l'état-major, qu'il s'adresse au SRE qui la reverse maintenant à son épouse. C'est un organisme domicilié, je le répète, dans le même arrondissement de Paris.

Sa courtoisie en berne, Marchand se lève et commande mon exfiltration du geste au planton derrière la vitre :

– Si d'autres questions vous viennent à l'esprit, merci de passer par la voie officielle indiquée au dos de la chemise.

Mon colonel ne connaît pas Columbo et sa dernière question. C'est pourtant de son âge.

– Morel a-t-il travaillé dans un service de renseignement ? En dehors de la surveillance du trafic aérien, j'entends.

Marchand réagit dans la seconde, indiquant une réponse ne réclamant aucun calcul, à l'inverse des précédentes :

– Jamais. Après son service de pilote, il a fini sa carrière au fort du Mont-Rolland sans autre affectation que celles que je vous ai indiquées. Le suspecter d'avoir vendu des informations sensibles, si c'est bien ce que vous insinuez, est absurde. Ne peuvent en détenir que des personnels opérationnels résidant à la base, dont Morel n'était plus depuis longtemps.

– Il n'y a pas de suspicion de fuite à ma connaissance, dois-je clarifier, sans préciser que c'est peut-être seulement qu'on a oublié de me le dire.

– Alors quel est votre problème ? soupire Marchand.

On se jauge, debout de part et d'autre de la table, et on convient télépathiquement d'arrêter les frais trente secondes :

– Je ne comprends pas qu'un officier, qui a quitté un emploi de bureau dans l'armée pour se protéger de la Covid-19, mène une campagne électorale où le risque de contamination est infiniment plus important. Au point, selon toute vraisemblance, de l'avoir tué.

Légère décontraction maxillaire du colonel, dont le cerveau semble prendre le chemin de la réflexion pour la première fois :

– Vu sous cet angle, c'est effectivement singulier… Morel a été un fleuron mondial de l'aviation de chasse. Il faut reconnaître qu'il en conservait l'ego et la tête brûlée. Peut-être lui est-il apparu insupportable de risquer sa vie pour un emploi de bureau, comme vous dites, mais pas pour une campagne électorale à sa gloire.

Pas mal.

– C'est une hypothèse crédible. Merci mon colonel.

– Au revoir lieutenant.

## 7 – LA VEUVE

Mon garde champêtre m'attend dans le parking visiteurs en pianotant sur son smartphone, debout contre la portière de sa fourgonnette.

On se rejoint à bord.

– Ça n'était pas trop long ? demandé-je.

– Du tout. Où va-t-on ?

– Déposez-moi chez Élise Morel. Si ça dure trop longtemps, vous me laisserez rentrer à pied.

– Je peux vous attendre et même vous accompagner, si vous voulez... On se connaît avec Élise. Compte tenu des circonstances, elle se sentira sûrement plus en confiance en ma présence.

– Merci mais je ne préfère pas.

– Pas de problème.

D'où vient cette idée qu'un suspect doive se sentir en confiance ?

On reprend la route.

– Avez-vous appris quelque chose ? demande Damien, alors que je feuillette le dossier remis par Marchand.

Mon inclination serait de lui recommander de s'occuper de ses plates-bandes mais il me revient que c'est moi qui en ai appelé à la confraternité :

– Toujours sous le sceau de la confidentialité professionnelle ? conditionné-je pour la forme.

– Toujours.

– Vous m'avez dit que Morel recevait des visites à son domicile avant et pendant le confinement.

– Je confirme.

– Un officier de la base me remet des documents, dont un bilan sanguin, qui montrent que Morel a dû partir prématurément à la retraite à cause d'une maladie grave lui interdisant toute exposition à la Covid-19.

– Pas au courant.

– Cette information n'est pas censée figurer sur le volet confidentiel de son certificat de décès ?

– Le médecin légiste doit indiquer la maladie ayant entraîné la mort, la Covid-19 logiquement, sur le volet médical du certificat de décès et, en dessous, les autres états morbides y ayant contribué, potentiellement votre information.

– N'y a-t-il vraiment aucun moyen de consulter ce formulaire ?

Mon étanchéité aux protocoles de la médecine légale provoque, chez Damien, une expiration un peu plus longue que nécessaire à la purge de ses poumons :

– C'est un document anonyme, envoyé directement à l'ARS, justement pour garantir le secret médical. Oubliez-le.

Commence à en avoir plein le c... du secret médical :

– Il y a peut-être eu une autopsie ?

– Dans ce cas, la demande de recherche de la cause du décès, ligne 4 des informations funéraires, serait cochée...

– Vous voulez que je vérifie ?

– C'est inutile. Comme pour toute personne décédée de la Covid et sans obstacle médico-légal signalé, votre certificat exige une mise en bière immédiate.

– Ça veut dire qu'il n'y a pas eu d'autopsie ?

– Et qu'il n'y en aura jamais. Morel a été incinéré trois jours après sa mort. Lors d'une de mes vacations funéraires, incidemment.

Je l'ignorais. Pour ma défense, en plus d'être nulle en enquête judiciaire, j'ai été briefée de m...

Quoi faire ?

Persévérer :

– Le colonel qui m'a reçue m'a prévenue que le secret médical protégeait la famille du mort. Vous avez une idée de ce qu'il voulait dire ?

– Une question d'assurance, j'imagine. La dissimulation d'une maladie grave, dans le questionnaire de santé d'un souscripteur, peut annuler les protections juridiques d'un contrat. Le bénéficiaire survivant ne touche pas l'assurance-vie de son conjoint ou finit de rembourser seul le crédit du couple, classiquement... Mais pourquoi vous continuez à vous prendre la tête avec cette histoire ?

C'est que moi qui déconne ?

Essayons de reformuler plus simplement ma question à Marchand :

– Si Morel savait que la promiscuité le mettait en danger, pourquoi s'est-il lancé dans une campagne électorale qui n'est que réunions et mains dans le dos ?

– Qu'importe les aspirations de Morel, s'échaufferait presque mon nouveau collègue. Vous avez la preuve qu'il était atteint d'une comorbidité, qu'il ne respectait pas le confinement et qu'il est mort de la Covid-19. Qu'est-ce qu'il vous faut de plus ?

Essayons encore plus de pédagogie, sans être péjorative :

– Pour chercher quand même à comprendre. Trouvez-vous plausible de risquer sa vie pour un poste de maire à Saint-Pierre l'Étoile ?

– Détrompez-vous. La place est bonne. L'ancien comptable peut vous la chiffrer si vous voulez.

– Je vous en prie.

– L'indemnité du maire d'une commune de plus de trois mille cinq cents habitants se monte à un peu plus de deux mille cent euros. Avec une vice-présidence à la communauté de communes, qu'il suffit de demander quand on est l'une des plus des grosses agglomérations de la comcom, ça fait dans les neuf cent soixante euros en plus. Il est d'usage pour les élus communautaires de prendre aussi un siège, ou deux, dans les syndicats intercommunaux, rivières, électricité, traitement de l'eau... Tout ça, cumulé avec un salaire ou une retraite, vous amène, au pire, dans les six mille nets mensuels. Avec pas grand-chose à faire d'autre que de vous préparer à être réélu tous les six ans, puisque toutes les compétences importantes de la municipalité, comme économie, mobilité et, bientôt, PLU sont mutualisées par l'intercommunalité.

– La crise des vocations serait une invention des médias ?

– Elle existe mais pour des villages de moins de cinq cents habitants où la responsabilité est la même, avec peu de ressources et pour un net inférieur à mille euros par mois.

On dirait que je n'ai plus qu'à rendre les armes.

Je referme le dossier et mets ma tête à refroidir dans l'air printanier par la fenêtre ouverte.

Qui était Gérald Morel ? Un officier modèle, un imposteur, un mythomane ?

Lors de ma dernière mission pour le haut commandement de l'armée de terre, j'ai patrouillé dans les faubourgs de Kidal, au Mali, pour instruire des accusations de proxénétisme à l'encontre de sous-officiers de la force Barkhane.

Mon SUV a été mitraillé à trois reprises, avant d'être mis sur le toit par une mine artisanale, et mitraillé à nouveau. Jusqu'à ce que j'obtienne la preuve d'une intox, je me suis demandé si j'allais mourir d'un tir ami ou ennemi. Quand ma hiérarchie m'a dépêchée à Saint-Pierre l'Étoile, pour auditer le décès dans son lit d'un retraité de l'armée de l'air, j'ai pensé qu'on envoyait la Mercedes de Lewis Hamilton dans une course de caisses à savon. J'avais tort, ma situation est celle d'une caisse à savon sur un circuit de formule 1. Et ce que je ne sais pas encore, c'est qu'on n'en est qu'au tour de chauffe.

***

Damien fait entrer sa camionnette dans un lotissement.

– Vous ne pensez toujours pas que je puisse vous être utile avec Élise Morel ? revient-il à la charge.

– Toujours pas mais, puisque vous la connaissez, peut-être pouvez-vous me dire ce que vous savez d'elle ?

Réticence renfrognée :

– J'en sais probablement pas plus que vos fiches.

Mes fiches, la bonne blague.

Me vient l'envie mauvaise de demander à Grincheux qui, de monsieur ou madame, il espionnait vraiment de son promontoire, vraisemblablement la colline boisée vers laquelle nous nous dirigeons.

– Mais encore ? insisté-je.

– Élise Morel est l'infirmière libérale du village, réputée fiable et compétente. Elle a un fils, qui est au CP avec le mien.

– L'enfant de Morel ?

– Non, son père est un commercial en mobilier urbain, disparu quelques jours après sa naissance. Je ne le connaissais que de vue.

– Élise était-elle heureuse en ménage avec Morel ?

– Pas vraiment… On y est, coupe court Damien en s'arrêtant devant une villa tape-à-l'œil, dont le toit en ardoises et les murs blancs jurent avec la maçonnerie de pierres jaunes et les tuiles creuses du voisinage.

– Merci. Je fais au plus vite.

À peine me suis-je annoncée à l'interphone que le portail en PVC s'ouvre silencieusement sur une allée en béton imprimé qui mène au perron de la villa, après un coude vers un garage souterrain. La maison surplombe une pelouse négligée qui borde une piscine en dur couverte d'un arceau mobile en plexi et, sur l'autre bord, un chalet aux fenêtres occultées par d'épais rideaux.

La seule chose que j'apprécie, dans ce Sam'suffit rurbain, est la maîtresse de maison qui m'attend en haut de l'escalier. Vue d'en bas, sa silhouette élancée, moulée dans un débardeur noir et un jeans slim rehaussé de spartiates à plateaux, en jette gravement.

Hélas, la montée des marches en faux marbre me fait déchanter.

Au fur et à mesure que je m'en approche, le canon vire au pétard mouillé. En cause, un karma hétérosexuel lymphatique porté par un minois chafouin et une posture languissante de mannequin anorexique.

Nous nous dévisageons sur le palier sans nous serrer la main.

– Bonjour, je suis le lieutenant de gendarmerie Rudy Meyer. Merci de me recevoir aussi vite.

– Bonjour, me répond-elle minimalistement, se retenant de sourire sans effort apparent.

– On peut s'asseoir quelque part ? relancé-je, espérant inspirer l'offre d'un café.

L'infirmière m'invite à la suivre dans un long couloir flanqué de portemanteaux garnis de casquettes à carreaux et de sacs musettes en cuir, de bacs à parapluies en noyer pleins de cannes et de chausse-pieds en corne, de commodes vintage couvertes d'écritoires, de photos de famille sous verre et de miroirs oxydés dans des cadres dorés rococo.

Je me détourne de la brocante pour étudier mon éclaireuse. Vingt-neuf ans, selon la seule donnée de « mes fiches » autre que ses prénom et patronyme. Cheveux châtains coupés boyish, peau claire saine et, pour ce que j'ai imprimé du côté face, une petite bouche pincée surmontée de deux yeux gris en mode économie d'énergie. Pour le reste, rien à redire d'un physique photoshopé de série. Le style de meuf avec qui le genre masculin normal, c'est-à-dire un peu con, aime paraître. Pas définitivement sûre que ce ne soit pas mon type. Juste que moi, je ne suis pas le sien.

Au salon, nous nous asseyons dans des chauffeuses de cuir blanc, au top-design de la décennie précédente, disposées entre un écran large et un canapé.

Le choix d'un point de rencontre dépourvu de toute forme de plateau enterrant mes espoirs de café, autant entrer dans le vif du sujet :

– Navrée de vous ramener à cet événement, mais l'armée souhaite connaître les circonstances exactes de la mort de votre mari.

Un battement de cils balaye le regard terne d'Élise Morel en guise d'acquiescement.

Quinze secondes plus tard, la veuve peinant toujours à imprimer que c'est d'elle que je dois, moi, là maintenant, recueillir les explications, je reviens à la charge :

– Quand votre mari est-il tombé malade ?

– Lundi 23 mars. Il s'est réveillé avec de la fièvre, des courbatures et les poumons encombrés. Le test antigénique que je lui ai administré étant positif, il a décidé de s'isoler dans le chalet.

– N'aurait-il pas dû plutôt se faire hospitaliser ?

Premier trille d'irritation dans la voix aigrelette d'Élise Morel :

– C'est facile à dire maintenant mais, à ce moment-là, il était officiellement contre-indiqué de conduire des patients jeunes et sans comorbidité à l'hôpital.

– Sans comorbidité, vous êtes sûre ?

L'infirmière semble me découvrir sous la forme d'une fiente de pigeon tombée sur son tapis en peau de mouton islandais :

– J'accordais toute mon attention professionnelle à la santé de mon mari. En dehors d'une hyperplasie prostatique précoce, surveillée par son urologue, et d'une hypertension légère sous traitement, il était en parfaite santé.

– Avez-vous été indemnisée par votre assurance, pour son décès en parfaite santé ?

Élise capte l'allusion mais, contre toute attente, se raisonne d'elle-même :

– J'imagine que votre travail vous oblige à me poser ce genre de question.

Pas que. Il y a aussi mon mauvais fond et le fait de ne pas percevoir la moindre affliction pour le conjoint disparu.

– Mon mari n'avait pas souscrit d'assurance-vie. En revanche, sa banque a soldé son emprunt pour notre maison... Je reçois, par ailleurs, la pension de réversion de sa retraite.

– Saviez-vous qu'il l'a demandée à l'âge-plancher pour raison médicale ?

Élise écarquille les yeux sous l'effet d'une indignation qui lui vaudrait un Molière si elle était jouée :

– Quelle raison médicale ?

– Le dossier militaire de Gérald Morel indique qu'il a quitté l'armée lorsqu'il s'est su atteint d'une maladie du sang appelée drépanocytose...

– C'est du délire, bafouille la veuve. La drépanocytose est une maladie génétique héréditaire. Elle aurait été dépistée depuis longtemps.

– Un bilan sanguin, datant de six mois, certifie que votre mari en était porteur.

– Ça n'est pas possible. Aucune des analyses de sang de Gérald n'a jamais signalé de maladie chronique. Il conservait ses bilans de santé dans un classeur au chalet... Je peux vous les chercher si vous voulez...

– Je vous accompagne.

La femme perd tellement de temps à se mordre la langue, pour ne pas me dire que ce n'était qu'une façon de parler, que je dois lancer le mouvement. Cette fois, c'est moi qui la précède dans sa galerie des miroirs.

Une fois dans le jardin, je profite du plein air pour procéder aux figures imposées, effectivement pénibles, de l'investigation policière :

– Si votre mari n'était pas un sujet à risque, de quoi est-il mort ?

– D'un syndrome de détresse respiratoire aiguë.

– Que ne pouvait pas prévenir une infirmière ?

Élise Morel s'immobilise sur la margelle de sa piscine :

– Depuis son départ à la retraite, rien ne comptait plus pour Gérald que son élection. Il considérait comme une perte de temps de se soigner ou de se reposer puisqu'il allait guérir de la Covid-19 comme d'un simple rhume, il en était convaincu. C'est à peine s'il consentait à s'isoler pour ne contaminer personne. La seule chose que j'ai pu faire pour le protéger, c'est réactiver à son insu le babyphone de mon fils dans le chalet. Malheureusement, il n'a pas permis de prévenir à temps.

– Quand l'a-t-il fait ?

– Le soir du 26 mars, les conversations téléphoniques de Gérald m'ont tenue réveillée jusqu'à environ vingt-deux heures trente. Ensuite il s'est endormi. Il respirait bruyamment comme sous le coup d'une angine mais sans plus. Je suis allée me coucher. À sept heures trente, j'ai entendu son radio-réveil dans le babyphone. Je lui ai téléphoné pour savoir comment il allait et lui rappeler que je m'absentais pour la journée. Son portable a sonné jusqu'à déclencher son répondeur deux fois de suite. J'ai appelé une voisine pour qu'elle emmène mon fils à l'école avec ses enfants et j'ai couru au chalet.

Bonne synchronisation puisque nous y parvenons, nous aussi, au même moment.

Accolé à une haie de buis, le cabanon s'ouvre, ordinairement me semble-t-il, par une porte encadrée de deux fenestrons dans le pignon tourné vers l'extérieur de la résidence.

Moins commun, la porte en pin du chalet fait face à une autre porte, elle en fer, encastrée dans la palissade séparant le lotissement des coteaux comme une fortification. Élise entre dans le chalet sans y accorder un regard. Pas de problème, on y reviendra.

Je découvre une tanière douillette. Au fond de la pièce pavée d'un joli parquet en chêne massif, trône un lit double dont l'envergure m'aurait alarmée à la place de l'épouse de l'occupant. En face, c'est le coin bureau, avec le très tendance plateau stratifié assis-debout sur tréteaux télescopiques, entouré de trois hauts tabourets à roulettes et d'une bibliothèque en bois blanc garnie de classeurs. Une cafetière à capsules et quelques bouteilles d'alcool, posées sur un petit bar en osier entre le bureau et le plumard, semblent inviter à passer de l'un à l'autre.

Élise s'est statufiée après seulement deux pas à l'intérieur, comme si une vitre l'empêchait d'aller plus loin. Le lieu l'oppresse.

Elle reprend son récit avec un débit accidenté :

– J'ai trouvé mon mari allongé sur le dos dans son lit... Il avait les lèvres bleues. Ses yeux ouverts avaient commencé à s'affaisser... J'ai su tout de suite qu'il était mort mais je n'ai pas eu le courage de l'ausculter. Je suis sortie pour appeler notre policier et j'ai attendu dans ma cuisine. Les pompiers sont arrivés au bout de vingt minutes pour enlever le corps.

Je compatis enfin mais sans effusion :

– Vous n'avez pas voulu l'accompagner à l'hôpital ?

– Je l'ai demandé mais la pompière, qui commandait l'équipe du SAMU, m'a convaincue que ce serait éprouvant et inutile. Selon elle, je devais effectuer ma tournée auprès de mes patients qui, eux, avaient encore besoin de moi et, ensuite, préparer les documents et me préparer moi pour les procédures qui allaient suivre.

– C'est ce que vous avez fait ?

– Non, je suis restée chez moi à tourner en rond sans décrocher le téléphone, jusqu'à ce que je doive aller chercher mon fils à l'école.

En fait, plus qu'interroger Élise, j'aimerais fouiller la garçonnière de Morel à la recherche, entre autres, des dossiers évoqués hier soir par Kevin. Mais là, on tombe bien dans la perquisition.

Élise doit sentir que l'envie de fouiner me démange. Surmontant sa hantise du local, elle file s'emparer d'une chemise dans le rayonnage derrière le plan de travail.

– Prenez ces analyses de sang... Et gardez-les, j'ai les originaux en pièces jointes dans ma boîte mail, me dit-elle en me plaquant un dossier sur la poitrine pour mieux me pousser vers la sortie.

Je le range dans mon sac à dos tout en reculant.

– La porte ne se verrouille pas ? demandé-je au passage.

Expiration agacée de l'infirmière sur le seuil :

– Au départ, c'était un bungalow de jardin. Gérald a transféré ce qu'il contenait de matériel dans notre garage pour y installer sa permanence électorale. Il n'a pas pensé à le sécuriser. Quand il s'est mis à y travailler jusque tard dans la nuit, c'est aussi devenu une chambre d'appoint.

Tu m'étonnes.

– Avez-vous une alarme ?

Élise pivote de trois quarts pour m'inviter à revenir avec elle vers la maison. Je reste plantée dans le couloir entre le chalet et le mur d'enceinte.

– Oui mais elle a été installée avant la construction de la piscine et du chalet. Elle ne protège que la maison, me répond la femme toujours de profil, avec une impatience contenue.

Un logement sans verrou, accessible par une porte de jardin, hors du périmètre d'une alarme ? Si ça n'est pas un appel à l'effraction. Tellement que je vais bientôt savoir ne pas être la première à l'avoir pensé.

– Elle a été activée toute la nuit du 26 mars, sans interruption, précise la veuve. Vous pouvez vérifier auprès de la société de gardiennage. Son numéro de téléphone est affiché sur le portail.

Ma propre alarme intérieure s'active, alerte au détail superfétatoire.

Je fais l'idiote, pour voir :

– Pourquoi devrais-je vérifier que personne n'est entré dans votre maison cette nuit ?

– Pour vous assurer que personne n'en est sorti non plus.

C'est bien ce que je pensais, un alibi. Sauf que je ne lui en ai pas demandé. Mon père dit qu'un innocent a autant de raisons de fournir un alibi que d'amener du linge propre au pressing.

Du coup, plus de remords pour user de l'arme fatale de la déstabilisation de témoin, la reformulation toxique :

– Vous voulez dire que quelqu'un a rendu visite à votre mari cette nuit, sans passer par la villa.

– Pas du tout, se cabre Élise Morel. Je dis seulement que je n'ai pas coupé l'alarme cette nuit. Donc, je n'ai pas pu sortir de la maison pour aller au chalet avant 7 h 30.

– Parce qu'il y a un autre accès ?

– Mais non... Enfin si. Il y a la porte dans le mur d'enceinte mais elle ne s'ouvre que de l'intérieur.

Je suis la direction indiquée par le menton d'Élise comme si c'était une injonction. C'est seulement quand j'ai le nez dessus, trois mètres plus loin, que je réalise que le vantail ne s'aligne pas sur le chambranle. Le pêne de la serrure en applique se trouve contre la gâche et non dedans.

– C'est normal qu'elle soit ouverte ? Je demande.

La question fait pâlir la veuve.

Je tire à moi le battant par la poignée.

Premier constat, il n'y a de poignée que côté jardin effectivement.

Deuxième constat, qui me fait monter le cardio à quatre-vingt-dix, une giclée de sang souille le bas du panneau extérieur.

Un humain ou un animal a saigné ici il y a peu de temps. En témoignent non seulement les taches sur la porte, mais aussi une traînée rouge carmin dans le sentier bordant la palissade vers la gauche.

Une main sur mon SIG-Sauer à la ceinture, je suis les traces sur une vingtaine de mètres jusqu'à un épais buisson grimpant au-dessus du mur.

Je m'immobilise devant ce qui pourrait être un laurier sauvage, ou autre chose vu que je m'y connais mieux en défoliant qu'en botanique. Pourquoi pas plus loin ? Parce que la piste étroite qui contourne l'arbuste n'est plus ensanglantée.

Est-ce que je ne sais pas que je devrais revenir sur mes pas et demander à l'infirmière d'appeler les flics immédiatement ? Je le sais, mais ça sent trop la mort. J'écarte des branches réfractaires et je braque la lampe de mon téléphone sous le feuillage.

Adossé contre le mur, tête ballante entourée d'un essaim de mouches, un homme en sweat-shirt à capuche, legging de compression et baskets de running repose dans une flaque de sang. Un masque chirurgical noir occulte le bas de son visage. Un accessoire intrigant pour une séance de jogging, que je soulève avec mon stylo. Un nez busqué et une bouche épaisse viennent compléter une paire de sourcils fournis au-dessus de deux orbites horriblement piquées. L'odeur pestilentielle assure qu'il n'est pas besoin de chercher un souffle sortant de la bouche. Le don de la morphopsychologie m'étant inné, j'en extrapole également un caractère égoïste et brutal. Jugement à l'emporte-pièce, peut-être encore, mais envers quelqu'un qui n'aura pas deux fois l'occasion de me faire une bonne première impression.

Une flèche perce la face interne de sa cuisse gauche, à quelques centimètres de son entrejambe. En fait, plus exactement un carreau d'arbalète qui, comme son étymologie l'indique, possède un empennage à quatre pans. Pas la peine d'une visio avec les Experts de Las Vegas pour savoir que c'est de là qu'il a perdu son sang. Je crois me souvenir de ma formation militaire qu'en dessous de l'aine passe une artère, je dirais fémorale, considérée comme point de risque hémorragique fatal.

Comme à chaque fois que je fais face à la mort violente, la nausée finit par submerger mon cynisme d'emprunt. Comme à chaque fois, je me demande s'il n'y a pas un bug dans mon orientation professionnelle.

Histoire de me remettre en mode travail, je mitraille la scène de photos, avant de retourner chez Morel en petites foulées. Je prends garde de raser les vignes pour ne pas imprimer davantage mes semelles sur celles du mort dans le chemin.

La veuve m'attend dans son jardin, toujours pétrifiée devant le sang séché sur sa porte entrouverte :

– Qu'avez-vous trouvé ? bafouille-t-elle.

– Un mort dans un buisson, désolée.

– Je dois aller voir.

Je lui bloque le passage :

– Il n'y a plus rien à faire. Inutile d'aller souiller le site... Vous avez reçu quelqu'un cette nuit ?

– Non.

– Le relevé de votre alarme le confirmera ?

– Oui.

– Rentrez chez vous. Je fais appeler la police. Elle viendra sûrement vous interroger ensuite.

Élise Morel m'accorde une œillade hallucinée et rentre chez elle. J'attends de la voir remonter le perron d'un pas flageolant pour appeler Damien :

– Voulez-vous me rejoindre dans le chemin derrière la maison, s'il vous plaît.

L'insécurité est le dernier de nos problèmes qu'il disait.

***

Damien a voulu voir le corps avant de donner l'alerte. Je le lui avais déconseillé, au nom de la préservation des scènes de crime, mais c'est lui le policier local, en droit de s'asseoir sur mes recommandations.

Il a vomi en revenant.

Entre mes empreintes, les siennes et la restitution de son petit déjeuner sur le chemin, c'est les détectives de la PJ qui vont se régaler.

De retour dans le jardin des Morel, Damien se remet suffisamment pour appeler les pompiers, qui lui déclarent faire rappliquer également la brigade de police de Chantôme, compte tenu d'un homicide volontaire.

Il me déclare ensuite de son devoir d'aller réconforter Élise Morel, qui doit être dans tous ses états.

Ben voyons.

Pourquoi le SAMU ne prévient pas plutôt la gendarmerie ? On est bien à la campagne ? Oui mais non. Saint-Pierre l'Étoile est la dernière commune de la communauté urbaine de Lyon, dite Grand Lyon, donc sous juridiction de la police nationale, m'apprend le garde champêtre.

– Une idée de l'identité du jogger ? le retiens-je encore.

– Il est cagoulé et masqué. Tu te fous de moi ?

Un peu, c'est vrai. J'avais espéré que, tant qu'à se tamponner de mon avis, Damien aurait démasqué lui aussi le jogger mais il a eu la rigueur de s'en abstenir ou l'estomac retourné avant.

Sauf que mon bras, qui parfois prend des initiatives, lui attrape le sien. Il n'y croit pas (mon bras) au motif, qu'à sa place, je n'aurais pas attendu la PJ pour tenter d'identifier un cadavre sur mon secteur :

– Ne me dis pas que tu n'as pas soulevé le masque du jogger pour voir s'il respirait encore. Ça serait une faute professionnelle.

Damien fait semblant d'y croire :

– Les mouches l'ont déjà attaqué mais on peut dire ça... Il s'appelle Baptiste Junet. Agent immobilier, conseiller municipal et, accessoirement, le type que j'ai verbalisé pendant le confinement.

Le garde champêtre, pourtant libéré de ma poigne, reste planté là. Son expression perplexe appelle la question super-banco.

Je la tente :

– En affaires avec Morel ?

– Numéro deux sur sa liste.

## 8 – OFFICIER DE POLICE JUDICIAIRE BRAHIMI

Damien parti réconforter la veuve, c'est moi qui attends les secours.

Selon lui, ça ne sera pas long, la caserne de pompiers se trouvant à dix minutes. Une latence dont je devrais user pour aviser mon chef que, dans le cas de figure, je ne lui règle pas son problème mais lui en crée un autre.

Pas loin du double mètre, la masse graisseuse d'une barre de fer associée à la puissance de calcul d'une ferme à bitcoins, le colonel Louis Mailland de Saint-Affrique est mon rôle-modèle. Pourquoi, à l'approche de la cinquantaine, ce protestant polytechnicien, ex-international d'escrime et ancien patron du GIGN, stagne dans l'organigramme au rang de commandant de la gendarmerie prévôtale ? Parce qu'intègre et allergique à la médiocratie. Deux raisons de différer un reporting geignard.

Je consacre plutôt l'attente à un traveling photographique avec mon smartphone pour, si j'ose dire, immortaliser le tableau avant, comme je le pressens, de m'en faire éjecter.

Mon plan-séquence suit le sentier, tracé par le passage de VTT le long de la palissade entourant le lotissement avec, en zoom, la porte éclaboussée de sang. Il monte ensuite dans le vignoble, vers le monticule forestier couronnant la colline à l'aplomb du centre-bourg. Une vue des chemins qui la traversent m'arrangerait. C'est de l'un d'eux que le garde champêtre a observé des allées et venues suspectes chez Morel, durant la campagne électorale, et que Kevin Fournier aurait vu quelqu'un en sortir la nuit de sa mort. Mais ils sont invisibles d'en bas.

De quelle autre direction le jogger a-t-il pu être pris pour cible ? La distance entre la lisière du bois et la palissade, plus de cent mètres, est trop importante pour un tir tendu avec n'importe quelle arme de trait. Reste la possibilité d'une trajectoire en cloche. Avec un matériel de pointe et de la pente, j'imagine que ça peut le faire.

Sinon, il y a peut-être encore cette cabane en pierres au toit effondré, conservée sans doute par l'exploitant au milieu de ses vignes à titre de relique. La ruine, tenue debout par un lierre en forme de pieuvre, se trouve à mi-chemin entre les arbres et le lotissement, soit un jet possible dans les trente ou quarante mètres. Un regard dans le muret fait une parfaite meurtrière. Pour une véritable embuscade du coup. J'irais bien voir s'il est possible de s'y poster et, le cas échéant, si la porte de la villa Morel se trouve dans l'angle de tir du fenestron, mais les flics de la PJ vont débarquer incessamment. S'ils me trouvent en train de procéder à ma reconstitution personnelle du crime, c'est sûr qu'ils ne vont pas aimer.

Bien anticipé. Mes spéculations balistiques sont interrompues par l'arrivée de Damien suivi d'un jeune en haut de survêt en molleton satiné, jeans baggy et sneakers montants. Sans a priori, ou à peine, du genre qu'on s'attend à trouver plutôt devant que derrière dans une descente de police.

Fusant du jardin par la porte métallique, le duo me dépasse à grandes enjambées sans me calculer et file, comme un seul homme, se perdre dans le taillis. J'ai à peine le temps de me demander à quoi je sers qu'il en ressort. Ou l'affaire était élucidée avant qu'il ne s'amène ou ce flic est un génie.

Après avoir échangé quelques mots avec Damien, qui s'en retourne dans la maison, le keuf vient poster devant moi sa dégaine de caillera. Ses mains relevées sur ses hanches écartent les pans de sa veste, découvrant le macaron bleu azur de l'Olympique de Marseille floqué sur un tee-shirt blanc.

Des yeux cernés qui me dévisagent fraîchement et un front dégarni lui font, de près, plutôt dans les quarante piges.

Quelque part, je le comprends. Il n'a pas obtenu le poste de surveillant de baignade pour lequel il avait postulé au Palm Beach cet été. La pandémie a arrêté le championnat de foot sur un énième titre du PSG. Il ne comprend pas pourquoi une gendarme de Paris vient lui sortir un cadavre d'un fourré. Si, de son côté, il admet mon droit de ne pas kiffer ni les flics en civil, ni les footeux, on pourra peut-être s'entendre.

– Officier de police judiciaire Nazim Brahimi, en charge de la métropole ouest pour le tribunal judiciaire de Lyon, se présente-t-il avec un accent marseillais décomplexé.

– Lieutenant de gendarmerie Rudy Meyer, de l'état-major des armées, en mission d'enquête sur le décès d'un officier du Mont-Rolland, retourné-je la politesse avec un formalisme dont j'espère qu'il fera illusion pour légitimer ma présence.

Brahimi consulte son téléphone :

– Gérald Morel, domicilié douze allée de la Cotelière à Saint-Pierre l'Étoile, décédé de la Covid-19 le 27 mars 2020 ?

– Lui-même.

– Vous avez une commission rogatoire ?

– Il s'agit une enquête militaire interne.

– Votre officier était en service actif quand il est mort ?

– Non, il était retraité de l'armée de l'air et engagé dans la campagne électorale des...

– À Paris, je sais pas mais ici on appelle ça un civil et, pour enquêter sur un civil, même mort, il faut l'ouverture d'une information judiciaire par un juge d'instruction.

J'ai beau savoir que le flic et sa pédagogie inductive ne font rien d'autre que ce que je fais moi-même en moins poli, je dois prendre sur moi :

– Il n'est pas question d'homicide, seulement de vérifier que le capitaine Morel est bien décédé de la Covid-19, comme stipulé sur son acte de décès, maintiens-je ma ligne de défense.

– Vous êtes médecin ?

– Non mais je peux vous en indiquer un si vous voulez.

L'OPJ ne sourcille pas. J'ai la désagréable impression qu'il me voit me cramponner à des consignes imbitables et, pire, que je lui fais pitié.

– Comment avez-vous trouvé le corps ? reprend-il.

– J'étais venue interroger l'épouse de Gérald Morel...

– Élise Morel, vingt-neuf ans, infirmière, même adresse ? lit Brahimi à nouveau.

– C'est ça... Elle me faisait visiter le bureau de son mari quand j'ai remarqué une porte entrebâillée dans le mur d'enceinte. En l'ouvrant, j'ai vu des taches de sang sur le vantail et au sol. Je les ai suivies jusqu'au buisson où j'ai trouvé le jogger.

– Vous l'avez identifié ?

– Le garde champêtre l'a fait en vérifiant sa respiration.

Alerte au détail superfétatoire clignote le regard du flic, avant qu'il reconsulte son smartphone.

– Baptiste Junet, domicilié au 51 chemin des Cèdres, quarante-sept ans, gérant de sociétés.

– Et conseiller municipal… Votre fichier ne sait pas tout, riposté-je.

– C'est clair. Ça fait sept ans que je l'interroge et j'apprends qu'on joue au foot à Lyon que la semaine dernière.

– Morel avait monté une liste électorale pour les élections municipales. Junet y figurait en deuxième position.

Pas franchement une révélation :

– Trouvez-moi deux habitants d'un bled du coin qui sont pas cousins, voisins ou associés, rétorque le flic avec un manque d'émerveillement à mon égard qui me donne envie d'aller me recoiffer.

– Morel était présumé détenir des dossiers pouvant embarrasser des élus locaux, comme Junet potentiellement.

Brahimi réprime un bâillement :

– C'est la raison de votre enquête ?

– Seulement une rumeur, mentis-je pour la protection de mon informateur.

– Vous êtes arrivée ici quand ?

– Hier. Et vous ?

– Il y a sept ans. Je vendais de la drogue sur le parvis de la Bonne Mère. J'ai pris le max, on m'a muté à Lyon… Depuis, des rumeurs sur des règlements de comptes à l'arbalète dans des vignes, j'en ai jamais entendu. Par contre, des mecs qui chassent la nuit à l'arbalète, sans trop faire la différence entre un Arabe et un sanglier, j'en ai serré quelques-uns. Même qu'ils parlent de moi sur leur blog. L'Olympique Maghrébin, ils m'appellent.

Je capitule :

– Vous avez encore besoin de moi ?

– Vous déposerez au commissariat de Chantôme d'ici demain soir…

– Je ne peux pas le faire à distance ?

Brahimi me fait les gros yeux mais le cœur n'y est plus :

– OK, trouvez le lien et postez-moi votre déposition. Z'êtes assermentée, ça devrait passer... Et soyez brave, j'ai envoyé le garde champêtre chercher de quoi baliser la zone et je dois encore interroger la veuve... Vous voulez bien réceptionner les pompiers pour moi ?

Une sirène retentit en effet au loin.

J'acquiesce bien que je ne rêve plus que de me barrer d'ici. En fait, ce sera un petit service qui m'en rendra un grand.

Comme quoi, je devrais être serviable plus souvent.

Je déconne.

## 9 – MARYSE

Trois pompiers en tenue d'intervention entrent sur le chemin. Devant, une femme blonde avec une sacoche en bandoulière. Derrière, deux brancardiers, un Nord-Africain trapu au crâne rasé et un jeune rouquin hirsute aux bras bleuis de tatouages.

– On est en retard, désolée, me fait la fille sans se présenter. Un carambolage sur la sept… Où est le blessé ?

Je lui indique la direction :

– Dans le buisson. Pas la peine de courir, il est mort depuis des heures.

Elle fait signe aux deux autres d'y aller.

– On a croisé le garde champêtre en arrivant. Il dit que vous enquêtez sur le propriétaire de la villa ? demande-t-elle en posant son sac dans l'herbe bordant les vignes, pendant que ses deux compères se dirigent vers le cadavre.

Je vais l'envoyer paître pour la raison que j'ai déjà été débriefée par la police et que j'ai maintenant mieux à faire, même si je ne sais pas quoi, que bavarder.

Un DIPS, Diagnostic instantané de potentiel sexuel auquel j'ai entraîné mon cerveau quantique, me reboote sans prévenir :

– C'est exact, pourquoi ? m'enquiers-je affablement.

Baraquée, cheveux mi-longs dorés dont les mèches en pétard balayent un visage anguleux, la pompière se dandine pour répartir son attention entre moi et ses collègues. J'aime bien comme elle bouge. Elle exhale un truc auquel je ne sais pas résister, la case manquante des mecs, d'autant plus détonnant qu'inaccoutumé dans nos métiers en uniforme, la gaieté.

– Qu'est-ce que vous cherchez exactement ? contre-questionne-t-elle effrontément.

– L'armée vérifie les circonstances du décès d'un de ses cadres.

– Morel était militaire ?

– Capitaine dans l'armée de l'air au Mont-Rolland, jusqu'à sa retraite en fin d'année dernière.

– Pourquoi cette vérification ?

– C'est la règle pour les officiers ayant pu accéder à des informations sensibles.

– Nous sommes venus le chercher ici un matin de la fin mars, sur un appel du policier municipal. L'hôpital l'a déclaré mort d'une pneumopathie consécutive à la Covid-19.

J'attends une question pour continuer à jouer au chat et à la souris mais elle ne vient pas. La meuf, ni vraiment jeune, ni vraiment jolie mais juste mieux que ça, me teste. J'ai bien peur que ce ne soit pas pour ce que j'espère :

– Ça correspond à votre propre diagnostic ? essayé-je.

– Moins maintenant qu'on a un homicide à la même adresse dans un coin où il se passe jamais rien, sept semaines après.

– Qu'est-ce que vous en dites maintenant ?

– Et vous ?

OK, halte au badinage :

– Si je vous dis que je doute que mes chefs me déplacent juste pour constater une mort naturelle ?

– Je vous dis d'interroger le médecin légiste de l'hôpital.

– Qui dit quoi ?

– Demandez-lui.

Portée à bout de bras par les deux autres pompiers, pour cause de sol cahoteux, la civière passe à notre hauteur. La pointe du carreau tend le sac mortuaire comme une érection obscène :

– Tu pouvais pas la fermer, Maryse ? demande le premier brancardier, comme un constat plutôt qu'un véritable reproche.

– Ça va Marvin. Comment tu vas dormir si on dit rien ?

– Avec la gaule comme d'hab. Tu viens vérifier quand tu veux.

– Et si on doit revenir ici demain pour un autre meurtre ?

Je coupe court :

– Si c'est le légiste qui a réceptionné Morel dont vous parlez, je peux avoir décidé toute seule de le rencontrer.

Et même j'aurais dû.

– C'est lui.

– Vous êtes sûre qu'il me parlera ?

– Tout ce que vous voudrez, me rassure Maryse, son sourire charmant revenu.

La civière pile sur un juron politiquement pas correct du pompier de derrière qui se prend une basket du mort dans le bas-ventre.

– Faites gaffe, c'est un gros queutard, prévient Marvin, en se retournant pour m'adresser une mimique lubrique parfaitement illustrative.

– Le lieutenant saura se défendre… Vous demanderez le docteur Touati à l'Unité de médecine légale du Val d'Ouest, précise la pompière.

– C'est à lui que vous portez celui-là ? demandé-je, alors que les brancardiers remettent leur chargement à plat par de savants à-coups.

– Exactement, me confirme le tatoué.

– Maintenant ?

– Maintenant.

– C'est possible de m'emmener ?

– Pas de problème, me répond Maryse.

Et même au contraire selon Marvin :

– On se met derrière, vous sur la couchette, à poil sous la couverture de survie, genre on vous a ramassée comme ça, et moi à côté pour empêcher l'hypothermie. Ça devrait passer pour feinter les contrôles.

– Venez Lieutenant... Et toi, arrête tes conneries, gronde la blonde sans sévérité outrancière.

## 10 – DOCTEUR TOUATI

Les services de médecine légale se trouvent au rez-de-chaussée du CHU du Val d'Ouest. Aucune idée de ce à quoi ça ressemble, ni de la route pour y parvenir, puisque j'ai voyagé dans la cabine fermée d'un fourgon, du modèle ambulance de secours et de soins d'urgence, jusqu'à l'intérieur du tunnel de dépose des urgences.

Les pompiers m'ont conduite dans la salle d'attente de la chambre mortuaire, avant d'aller livrer Junet au médecin légiste. Bon débarras. Je viens de passer une demi-heure, assise sur un banc perpendiculaire au sens de la marche, en tête à tête avec lui et j'en suis rendue, on peut pas mieux dire, à deux doigts de la gerbe.

Je récupère dans une pièce aveugle meublée d'une douzaine de fauteuils en cuir marron et de tablettes vides. Les murs sont tapissés de panneaux de tissus, aux motifs floraux cucul la praline, rétroéclairés d'une lumière pastel censée évoquer la destination paradisiaque du dernier voyage. La compagnie, un couple de petits vieux se tenant par la main et une femme asiatique aux yeux mouillés perdus dans le vide, m'aide à cesser de me lamenter.

Au bout de dix minutes, une tête poupine passe dans l'entrebâillement de la porte :

– Lieutenant, m'interpelle-t-elle.

Un médecin en blouse blanche m'attend dans le couloir, les mains dans le dos :

– Je suis le docteur Ariel Touati.

– Lieutenant de gendarmerie Rudy Meyer.

– Enchanté… J'ai une réunion-plateaux-repas au pôle administratif du CHU dans six minutes. Si vous m'accompagnez, ce sera le temps dont nous disposerons pour faire connaissance.

– Je cherche des informations sur le décès d'un dénommé Gérald Morel.

La main droite du docteur m'attrape le bras pour me mettre en route à son côté. Une fois son pas synchronisé sur le mien dans le couloir, il me tire vers lui pour me pencher à hauteur de sa tête, dix centimètres plus bas :

– C'est ce qu'on me dit mais à quoi bon maintenant ?

– Morel est un ex-officier d'un site militaire stratégique. L'armée veut contrôler les circonstances de sa mort.

– Le 27 mars dernier, le SAMU nous a amené le corps d'un homme en pyjama, présumé mort d'une complication respiratoire de la Covid-19. L'interne qui l'a examiné m'a signalé des colorations cutanées et des sécrétions nasopharyngées témoignant, selon elle, d'une asphyxie mécanique.

– C'est-à-dire ?

– D'un étouffement volontaire… sous un oreiller.

Un meurtre. Manquait plus que ça.

– Cela remet en cause l'infection de Morel par le coronavirus ?

– Pas du tout, c'était un cas de Covid-19 répertorié et formellement assigné à une thanatopraxie spécifique.

Le docteur s'est arrêté devant un haut comptoir blanc derrière lequel s'affaire une infirmière masquée. Elle a les yeux chargés de khôl et les quatre bras de Shiva pour téléphoner, renseigner un registre au stylo, insérer des formulaires dans un scanner et pianoter sur un clavier.

– Savez-vous s'il souffrait d'une maladie du sang, appelée drépanocytose ?

– La drépanocytose est une maladie héréditaire asymptomatique. Pour savoir si votre sujet en était atteint, il aurait fallu qu'il soit porteur d'une carte le signalant ou disposer d'un bilan sanguin.

– Voulez-vous regarder celui-ci ?

Je lui sors de mon sac le formulaire d'analyse de sang du dossier militaire de Morel. Touati le passe à la fille sans même y jeter un œil.

– Sheila ?

Une jolie menotte aux ongles courts peints d'un vernis bleu nuit s'empare de mon document.

– D'où vient ce bilan ? demande Touati.

– Du dossier de retraite de Morel.

Derrière le plexi, une autre main, pareillement conformée, tourne nerveusement les trois pages deux fois de suite.

Apparemment, il y a maldonne :

– C'est l'hémogramme d'une femme adulte, diabétique et effectivement drépanocytaire. L'attribuer à un homme relève d'une falsification ou d'une erreur invraisemblable du laboratoire. Contactez-le si vous voulez être fixée.

– Et celui-là ? relancé-je, en tendant au médecin une analyse de sang de Morel tirée, elle, de la liasse remise par sa femme.

Touati transmet à nouveau à Sheila.

– Celui-ci semble conforme. Les résultats correspondent aux caractéristiques du patient, avec une mesure de PSA pour un homme entrant dans la cinquantaine, répond l'interne après avoir feuilleté le doc.

– PSA ?

– Vous me suivez ? m'invite le médecin.

Déjà replongée dans son jonglage, Sheila me rend ma paperasse pendant que Touati va appeler un ascenseur en face de l'accueil.

Je le rejoins dans la cabine.

– PSA, protéine fabriquée par la prostate, dont le taux dans le sang est pronostic de cancer. Spécificité masculine de fait, m'instruit-il en pressant un bouton.

Nous sortons de l'ascenseur dans le hall-cathédrale de l'hôpital. Touati me reprend le coude pour me diriger vers un couloir dont la perspective se perd sous une vaste verrière.

– Le pôle tertiaire se trouve au bout de ce tunnel...

– Morel ne peut-il pas s'être asphyxié dans un accès de détresse respiratoire et retourné tout seul sur son oreiller, d'où vos symptômes ? spéculé-je.

– J'ai approché la pompière qui vous a envoyée pour évaluer cette hypothèse.

Je réalise tardivement que l'arme de destruction massive du docteur Touati est une voix soyeuse à la modulation hypnotique et qu'il me faut me rester en mode boulot-boulot pour ne pas gober tout ce qu'il me raconte, y compris l'ordre de me désaper dans la première piaule où il va me conduire :

– Pour cette seule raison ? insinué-je.

– Non bien sûr... Quelle femme !

– Et alors ?

– Les constitutions rectangulaires, a fortiori de tempérament hypertonique, ne rêvent pas de petits gros... Pas plus, je le crains, que d'athlètes du même sexe, aussi bien découplées soient-elles.

– Je voulais dire pour le corps de Morel, rectifié-je, légèrement piquée.

– Les pompiers l'ont trouvé allongé sur le dos, son oreiller tombé par terre.

– Vous ne disposez donc d'aucun indice matériel corroborant la thèse d'un meurtre ?

– L'autopsie aurait permis d'établir scientifiquement la cause de la mort. Je l'ai demandée sur le certificat de décès mais la direction de l'hôpital m'a obligé à le modifier. Le corps ayant été incinéré depuis, la preuve d'un meurtre ne peut plus provenir que des aveux de celui qui l'a commis, d'un complice ou d'un témoin.

Je fais trois pas de course dans le couloir que nous traversons pour pouvoir regarder Touati de face au moment de ma supposition :

– Vous ne paraissez pas scandalisé.

– Je ne le suis pas, me répond le docteur. Nous traversions une période de chaos, avec des malades en détresse respiratoire sur des brancards dans les couloirs, dont quelques confrères. Le moment ne se prêtait pas à un complément d'enquête que personne ne demandait.

– Et votre crédibilité ?

– J'aurais pu la faire valoir si j'avais été le médecin légiste en titre de l'hôpital mais je ne suis qu'un obstétricien, réquisitionné pour le remplacer pendant son séjour en réanimation et, maintenant, sa convalescence.

Je vais le frapper :

– Si vous n'êtes pas crédible pour l'hôpital, pourquoi est-ce que moi je devrais vous croire quand vous me parlez de meurtre ?

Pas moyen de fissurer l'écoute bienveillante du bon docteur :

– Je suis assigné à cet hôpital parce que la pandémie suspend les missions de l'ONG qui m'emploie dans l'Afrique des Grands Lacs. Avant de m'y engager, j'étais médecin-expert auprès la cour d'appel de Paris au titre de directeur d'une clinique de chirurgie obstétrique et titulaire de la chaire d'embryologie du Collège de France. Même si elle n'est pas ma formation universitaire, quinze ans de fréquentation des morgues m'ont plus qu'initié à la médecine légale.

Bonjour le CV.

– Quelle faute avez-vous commise pour être déclassé ?

Sourire mélancolique de Touati :

– Seulement des erreurs. Les médecins font de mauvais patrons. Un procès avec mes associés me l'a fait comprendre. Un divorce m'a aussi appris que je faisais un mauvais mari. J'en ai conclu que je devais me consacrer à soigner et à rien d'autre. La prochaine fois, venez me consulter plutôt que me cuisiner, vous y gagnerez.

– Pour me guérir de quoi ?

– Ma clinique était spécialisée dans le suivi gynécologique de sportives professionnelles aux anatomies souvent mésomorphes, comme vous. J'avais mis au point, pour elles, un protocole de préparation à la maternité.

– Je vous fais une impression de désir d'enfant ?

– La décorrélation du genre et de la sexualité rend le désir d'enfant immanent. Interrogez-le avant qu'il ne vous surprenne.

Mon enquête vire au Cluedo LGBT ou je rêve. Je me pince mentalement les trompes :

– J'y réfléchirai.

Nous sommes sortis du corridor pour déboucher sur une terrasse de béton face à un immeuble d'une dizaine d'étages.

– Nous sommes arrivés, m'informe Touati.

– À quel étage se tient votre réunion ?

– Au dernier.

– Je vous suis... Pensez-vous que le jogger que vous venez de recevoir soit victime d'un accident ou d'un homicide ?

– Quel rapport ?

– C'est moi qui l'ai trouvé ce matin devant le domicile de Morel.

Le docteur ouvre la porte coulissante du parvis de l'immeuble avec son badge et m'accompagne dans une galerie déserte jusqu'à un nouvel ascenseur.

– Le protocole veut que je transmette mon compte rendu à la police, qui vous en fera part éventuellement.

– La police conclura à un accident de chasse.

Touati appuie sur la commande d'appel et me contemple. Son esprit, visiblement lassé de mes rébus, tend à mon auscultation virtuelle.

Mais moi aussi je peux viser en dessous de la ceinture :

– Laisserez-vous encore un meurtre passer pour un accident ?

Le coup bas fait grimacer le médecin :

– L'accident est improbable. Un carreau d'arbalète a traversé la cuisse de l'homme de part en part. Un tel impact implique la trajectoire tendue sur une courte distance d'un projectile tiré par un matériel très performant et, en aucun cas, sa retombée après avoir raté sa cible. Tout juste est-il concevable que le tireur ait visé bas, pour blesser plutôt que tuer. Le seul accident, qu'un jury voudra éventuellement considérer, tient à l'impossibilité évidente de préméditer l'incision d'une artère fémorale de trois centimètres de section avec une arbalète, serait-ce un engin de guerre.

Les derniers mots de Touati, porté par son timbre de velours, résonnent entre mes oreilles :

– Pourquoi parlez-vous d'engin de guerre ? demandé-je, alors qu'il nous dirige vers une double porte au fond d'un corridor, manifestement la destination de notre déambulation.

– A-t-on besoin d'une arbalète, qui propulse des projectiles de vingt grammes à cinq cents km/h, pour tuer une perdrix ou un lapin ?

– Il paraît que les sangliers prolifèrent en zone périurbaine.

– Le gros gibier de la région, chevreuil et sanglier, se chasse exclusivement en battue. Donc pas de nuit, même si c'est autorisé, et pas à l'arbalète, même si l'on se moque que ce soit interdit.

Nous sommes arrivés devant la porte d'une salle de réunion. Un brouhaha indique qu'elle attend les derniers arrivants.

– Vous avez accouché une chasseuse ?

Touati remet dans sa poche une main qui se dirigeait vers la poignée de la porte :

– J'ai examiné un suicidé à l'arbalète. Il s'était plaqué son arme contre la poitrine et tiré dans le menton. La rigidité cadavérique a fait que nous l'avons récupéré, toujours cramponné à son arme, deux jours après sa mort. Son frère, qui l'a découvert dans la cave de son pavillon, m'a décrit les activités de la milice identitaire dans laquelle ils s'étaient embrigadés. J'y ai prêté une attention particulière car tous les chemins du suprématisme mènent au juif. Les détenteurs de ces armes ne chassent pas, ils se préparent à la guerre.

La dernière formule du médecin me met les doigts dans la prise. « Je me prépare à la guerre », a murmuré Kevin hier soir, avant de me laisser devant mon hôtel. Il est parti ensuite chercher son arbalète chez lui. Si elle ne l'attendait pas dans le coffre de sa voiture. Il s'est posté dans la cahute en pierre, au pied du plant de vigne qui borde la villa de Morel, et il a guetté les visiteurs que je lui avais promis. Et dont je l'avais défié de protéger les proches de Morel. Il a tiré sur un conseiller municipal venu récupérer des dossiers avant que je « perquisitionne » la villa, comme il a été clamé en mairie.

En clair, j'ai programmé un homicide.

– Vous suivez un traitement ?

Je réalise que le médecin m'a pris la main :

– Hormonothérapie, anxiolytiques, anabolisants... ?

– Non pourquoi ? je bredouille.

– J'offre des consultations à des demandeurs d'asile au refuge de la Guillotière. Passez-y n'importe quand à partir de 17 heures. Vous avez des absences, avec une myoclonie réticulaire et de la tachycardie. Si c'est une intoxication médicamenteuse, c'est grave. Sinon, c'est encore plus grave.

C'est encore plus grave.

## 11 – PAPA

Les locaux appellent tram-train le train qui me ramène à Saint-Pierre l'Étoile. Sont marrants. C'est juste un RER, à peine métropolitain, même pas sur deux étages et pas donné. Huit euros cinquante pour six arrêts. Tu visites le Grand Paris toute une journée pour moins cher. À la différence du RER francilien, me répond le guichetier de la gare de Saint-Paul, le TER Rhône-Alpes est ponctuel, sûr, propre et confortable. Sauf que c'est juste le moment où j'ai envie d'être d'accord avec personne. Bien sûr que c'est mieux le RER. Pourquoi on se battrait pour monter dedans sinon ?

Mon humeur cafardeuse doit beaucoup à l'obligation de déjeuner d'un sandwich-triangle thon, œuf, crudités, extrait d'un distributeur automatique du hall de l'hôpital, mais pas tout.

À l'orée d'une fin de carrière paisible dans une base militaire prestigieuse, Morel demande une retraite anticipée en raison d'une maladie du sang lui interdisant de s'exposer à la Covid-19.

Première hypothèse, Morel souffre réellement de drépanocytose. Il le fait valoir pour quitter l'armée et entrer en politique. Durant sa campagne électorale, il ne respecte pas les précautions sanitaires qu'il exigeait pourtant pour poursuivre son travail. Il contracte le virus et il en meurt. Problème, il faudrait que Morel soit débile pour se contaminer quasi volontairement, en se sachant passible de comorbidité sévère.

Deuxième hypothèse. Comme le laisserait penser un bilan sanguin douteux, la raison de santé alléguée par Morel pour partir en retraite est bidon. Ça explique pourquoi il ne s'inquiète pas spécialement de la Covid-19 durant sa campagne électorale, mais seulement ça.

Morel a-t-il vraiment triché sur sa santé et abandonné une carrière militaire pour une aventure politique ?

Comment l'armée a-t-elle pu se satisfaire d'une analyse de sang, dont l'irrégularité saute aux yeux du premier interne venu, pour le libérer ?

Que vaut le pronostic d'étouffement volontaire d'un médecin légiste intérimaire ?

Que vaut le témoignage de seconde main d'une intrusion chez Morel la nuit de sa mort ?

Pourquoi la veuve m'oppose un alibi alors que je ne l'accuse de rien ?

Qu'est venu faire un conseiller municipal en jogging chez Morel la nuit dernière ? Chercher des dossiers ? À moins qu'il ait été assis dessus dans le buisson, il n'y en avait aucune trace nulle part. Parce qu'il ne les a pas trouvés ? Parce qu'il les a trouvés mais que son assassin les lui a pris ? Existent-ils seulement ?

Selon le colonel DRH du Mont-Rolland et contrairement à ce dont il se serait vanté, Morel n'a jamais travaillé dans le renseignement. Et quand bien même, pourquoi l'armée s'intéresserait à des élus locaux, même de collectivités territoriales proches d'une base militaire stratégique ?

Quelles questions se pose vraiment ma hiérarchie pour m'envoyer sur cette affaire ?

Qui a tiré à l'arbalète sur le conseiller municipal Junet et pourquoi ?

Kevin est-il impliqué ? Ne s'est-il pas engagé à protéger la famille de Morel ?

Priorité des priorités, aller le sonder à son travail. Ça n'est peut-être pas ce qui ressortirait d'une consultation de mon chef mais je ne me sens toujours pas de l'appeler. Dès que je pourrai me poser, je lui ferai un mail avec, en pièces jointes, les scans des différents bilans sanguins de Morel à faire expertiser. Ça gagnera un peu de temps.

Il y a six ans, mon père est revenu dans son Alsace natale pour sa retraite, retrouver sa famille d'Allemands de l'ouest comme il dit. À cette heure, il doit être à table avec sa sœur. Tant pis, c'est lui que j'ai besoin d'entendre maintenant :

– Allo P'pa ?

– Ma fille.

– Désolée de t'appeler à l'heure du repas.

– T'inquiète. Comment ça va ?

– Moyen. Je suis en mission dans un village à côté de Lyon pour une enquête interne pas claire. En vrai, ça pourrait être pour un homicide, avec une affaire d'espionnage derrière. J'y comprends rien et maintenant je découvre un autre meurtre, dont je suis responsable vu que je fais que des conneries... Un conseil sans rien te raconter, c'est possible ?

– Bien sûr. À la campagne, la criminalité est passionnelle à cent pour cent. Si ton homicide est volontaire, cherche le mari ou la maîtresse.

Papa, décorrélation connaît pas :

– T'as pas oublié de changer de siècle ?

– Comme disait Cicéron, « Les mœurs passent, la jalousie reste. »

– T'es sûr de ta citation ?

– Je t'envoie la vidéo sur Insta. Quant à ta responsabilité, c'est le métier qui rentre. Un bon gendarme n'arrête pas un assassin parce qu'il est payé pour ça, mais pour ne plus se sentir coupable de ses crimes.

– OK P'pa. J'arrive à destination...

– Un dernier conseil merveille. Les enquêtes internes aux motifs vaseux sont toujours des coups tordus entre gradés. Ne te désigne pas comme un pion à sacrifier. Ne sors pas de ton ordre de mission. Rends un rapport lisse comme un cul de bébé.

– Merci P'pa. Je t'aime.

– Je t'aime aussi.

Ça fait trop du bien. Des conseils à la tronçonneuse qui, à défaut de les régler, me relativisent des problèmes que je crois volontiers importés d'une autre galaxie juste pour moi. Et aussi de savoir qu'à soixante-dix ans, un veuf doté d'une retraite d'adjudant-chef de gendarmerie, bénévole à la médiathèque municipale de son hameau et en rémission incertaine d'un cancer de la vessie, peut prendre la vie à la légère.

## 12 – ÉMILIE

Google m'a localisé le magasin de Kevin à huit cents mètres de la gare de Saint-Pierre l'Étoile.

Je dois y aller à pied. Pas grave, je visite.

Un totem en métal arborant l'enseigne Rhône Motors en tête d'affiche et, dessous, les logos de la dizaine de marques commercialisées, indique la concession à l'entrée de la zone d'activité. Passé un portail roulant tiré dans un massif d'orties, je m'engage dans une cour goudronnée en direction d'un bâtiment partagé entre un atelier aux baies ouvertes et la verrière d'un hall d'exposition. Le parking d'une douzaine de places contient trois véhicules, chacun frappé de l'écusson bleu étoilé de Subaru. En face, sous un auvent tôlé, est exposée ce que je suppose être la gamme d'occasions de la maison.

Que vend-on chez Rhône Motors ? Des automobiles, des quads, du petit matériel de chantier et des engins de motoculture asiatiques, ainsi que des voitures sans permis françaises. Un assortiment qu'on ne doit trouver qu'en ces contrées mutantes, mi-ville, mi-cambrousse.

La double porte vitrée du showroom s'ouvre de plain-pied sur un vaste plateau où est exposé le neuf. J'y hume d'emblée cette atmosphère unique du commerce à la française. Ce feng shui inimitable qui sait, d'une note subtile, inviter le chaland à passer son chemin. Éclairage en veilleuse, brouhaha de réparation mécanique en fond sonore, surfaces poussiéreuses, personnel indisponible.

Je m'avance entre des voitures en épis jusqu'à deux banquettes basses placées à angle droit devant un gros distributeur de snacks surmonté d'un écran vidéo éteint.

Face à l'espace d'attente, deux box vitrés sans porte sont encastrés entre les piliers métalliques d'une mezzanine de bureaux. L'un abrite un plateau ovale en forme de table de réunion avec, pour toute présence, une nominette plastifiée marquée en grosses lettres argentées : « Kevin Fournier – Attaché commercial ». Je me dis qu'un vendeur de voitures a toujours mieux à faire que de rester derrière son bureau, mais je n'y crois pas. Mon père a sûrement raison sur le transfert de culpabilité du bon gendarme. C'est juste que moi, qui traque un suspect pour l'innocenter, je ne dois pas être un bon gendarme.

Assise derrière un PC fixe dans le deuxième box de l'autre côté d'un escalier ajouré, une femme au téléphone fuit consciencieusement mon regard depuis que je suis entrée.

Qu'à cela ne tienne, je viens me poster dans l'ouverture de son box.

Pas d'autre effet que de la voir se mettre à chuchoter dans le combiné et rouler vers le faux plafond des yeux barbouillés du mascara vert olive de la gamme outils de jardin.

Ayant patienté encore une demi-minute, j'en viens à me pencher sur son bureau jusqu'à nous placer nez à nez, me tenant toutefois au plateau afin que mes mains, qui parfois font ce qu'elles veulent, n'aillent pas lui tirer les oreilles.

– Je te laisse, j'ai quelqu'un, capitule-t-elle en raccrochant.

– Bonjour. Je voudrais voir Kevin Fournier.

– L'est absent. Si c'est pour un essai véhicule, faut prendre rendez-vous en ligne. Si c'est pour du matériel, faut repasser, marmonne la meuf.

Tout le bien qu'on peut en dire à ce stade ? Une jolie chevelure châtain naturellement bouclée et le don d'émettre des sons avec un chewing-gum de la taille d'une balle de golf dans la bouche.

– J'ai l'air de vouloir acheter une tondeuse ? contextualisé-je, un doigt sur la mention Gendarmerie inscrite sur mon polo.

– Non, concède la brune. En fait, Kevin a envoyé un texto à la patronne ce matin pour dire qu'il venait pas aujourd'hui, vu qu'il était pas bien et qu'il devait se faire tester.

– Vous avez son numéro de téléphone ?

– J'ai pas le droit de donner des numéros perso.

– Mais vous avez le droit d'appeler votre vendeur quand on le demande ? contourné-je.

– Ça oui.

– Faites-le.

La fille médite la perspective deux secondes. N'y trouvant rien de menaçant pour son emploi, elle active un numéro préenregistré sur son poste sans décrocher le combiné. Une sonnerie retentit dans le haut-parleur jusqu'au déclenchement d'une boîte vocale, même pas personnalisée, qui invite à laisser un message. Elle coupe la communication, griffonne un post-it rose et me le tend :

– Du coup, je vous ai mis son adresse si vous voulez y aller. C'est le pavillon contre l'entrée du cimetière de Saint-Pierre, se dépasse-t-elle dans l'espoir de me voir vider les lieux.

– Votre patronne est la belle-mère de Kevin, c'est ça ?

– En fait, c'était la femme du patron et puis il est mort. Du coup...

– Je peux la voir ?

– Elle est partie, en fait.

– Quand va-t-elle revenir ?

– Elle a pas dit... Mais, du coup, si c'est Kevin que vous cherchez, ça sert à rien d'attendre la patronne. En fait, elle le trouve pas non plus.

– Votre patronne vous a dit qu'elle cherchait Kevin ?

– En fait, elle m'a rien dit.

Régressons ensemble :

– Comment vous appelez-vous ?

– Gauthier Émilie.

– C'est quoi votre boulot ici, Émilie ?

– Je suis la secrétaire commerciale. Je m'occupe des commandes, des livraisons VN et des entrées en après-vente.

– Quand Kevin est absent, c'est vous qui le remplacez ?

– Ah non, la vente je sais pas faire.

N'essaye même pas :

– C'est qui alors ?

– Ben la patronne. En fait, elle descend avec son ordi et elle s'installe au bureau de vente en face.

Bonne pioche.

– Donc ce matin, vous l'avez vue s'installer dans le box en face ?

– Du coup, pas vraiment.

Je me redresse afin de pratiquer les assouplissements de cervicales recommandés au casque bleu lorsque l'envie de tirer dans le tas le démange.

– Pourquoi pas vraiment, en fait ? demandé-je, m'appuyant à nouveau sur le bureau de la secrétaire commerciale.

– En fait, elle y était déjà quand je suis arrivée. Le magasin et l'administratif ouvrent à neuf heures mais l'atelier c'est huit heures, du coup...

– Donc lorsque vous prenez votre poste ce matin, votre patronne vous informe que Kevin est malade et qu'elle s'est installée à son bureau pour accueillir les clients.

– C'était ça l'idée sauf qu'en fait elle est restée au téléphone avec des clients qui râlaient à cause qu'on les livre pas. C'est rapport au Covid, en fait...

– Et après ?

– Elle est allée déjeuner au restaurant avec un agent. Je le sais parce que c'est moi qu'ai réservé, en fait...

– Et depuis, elle n'est pas revenue.

– Si, un peu avant 14 heures, du coup.

– Qu'est-ce qu'elle a fait ?

– Elle a regardé ses notifications sur son téléphone. En fait, elle l'avait oublié sur le bureau. Après elle a appelé Kevin. Comme il décrochait pas, elle lui a laissé un message comme quoi, s'il était chez lui, il bougeait pas parce qu'elle arrivait et, sinon, qu'il la rappelle de suite. Elle était super-angoissée.

– Pour quelle raison ?

– Je sais pas mais, en fait, des problèmes comme ça avec Kevin, ici c'est tous les jours, en fait.

– Ça a un rapport avec les notifications sur son téléphone ?

– En vrai, ça m'étonnerait.

– Pourquoi ?

– C'étaient des flashs InfoPocket, en fait.

– C'est quoi InfoPocket ?

– C'est l'appli des mairies pour poster des infos. Je l'ai entendue biper sur le téléphone de la patronne entre midi et deux. En fait, on ferme pas le midi. C'est moi qu'assure la permanence. Du coup, je quitte à seize heures.

– Comment vous savez que c'est cette appli qui a bipé ?

– J'ai reconnu le son. En fait, c'est moi qu'ai paramétré l'iPhone de la patronne. Elle vient de passer au tactile et elle y comprend rien, en fait.

– Vous pouvez peut-être me la montrer cette appli ? lui proposé-je en faisant le tour de son bureau pour m'y asseoir en amazone, comme une vieille copine.

La secrétaire commerciale surmonte l'épuisement nerveux où la mène notre entretien pour extraire son téléphone portable d'un sac à main matelassé beige atroce, en bandoulière sur son dossier. Elle active une icône grise marquée InfoPocket au premier plan.

J'effleure du menton le col deltaplane d'un chemisier orange pour lire le premier communiqué qui s'affiche en caractères blancs et jaunes sur fond noir : « 20/05/2020-10h17 – Offre d'emploi – Service périscolaire. La commune de Courzieu-les-Mines recrute deux animateurs... »

– Pourquoi Courzieu-les-Mines ? questionné-je en reculant pour me dégager les bronches des effluves d'un déo 48 heures fraîcheur intégrale à la senteur de verveine.

– En fait, c'est là que j'habite.

– Et madame Fournier, elle habite où ?

– Ben à Chantôme.

– Du coup, ce ne sont pas les infos de Saint-Pierre l'Étoile qu'elle reçoit sur son téléphone.

– En fait si, puisque c'est là qu'on est. Je veux dire la concession, du coup.

– Vous pouvez y accéder ?

– Ben non... En fait, il faudrait cocher Saint-Pierre l'Étoile dans le menu d'accueil.

– On coche Saint-Pierre dans le menu, du coup ? suggéré-je patiemment.

Émilie procède à la manip avec ses pouces. No comment sur les faux ongles à flammes fuchsia.

Le dernier message publié par l'appli municipale apparaît à l'écran. Pas de doute sur sa concordance avec la chaîne des événements en cours de reconstitution :

« 20/05/2020-12h21 - Saint-Pierre en deuil après le meurtre cette nuit de notre conseiller municipal Baptiste Junet. »

## 13 – LOUIS MAILLAND DE SAINT-AFFRIQUE

L'impasse du Repos est une allée étroite sans trottoir, prolongeant l'arête opposée à la mairie sur la place du même nom. Elle sépare un immeuble de trois étages, au soubassement végétalisé, d'un vilain petit pavillon jouxtant le portail du cimetière. Quand une voiture de police au gyrophare allumé et un fourgon du SAMU ne la bloquent pas.

Aucune autre habitation ne se trouvant de ce côté de l'allée, il ne fait pas de doute que l'attelage de mauvais augure stationne bien devant le domicile de Kevin Fournier.

Je m'accorde une pause, à l'entrée de la voie, pour reprendre mon souffle d'une course en rangers sur plus d'un kilomètre et inspecter le tableau à la recherche de n'importe quel démenti de catastrophe.

Portes et fenêtres sont closes, pas de lumière, pas de bruit, pas de fumée. Pour toute trace de vie, un flic se tient en faction devant le portillon ouvrant sur le jardin pelé du clapier.

Je me faufile entre l'ambulance au hayon bâillant et le muret de parpaings portant le grillage rouillé, ridiculement haut, qui enserre le lopin.

Le planton, un jeune policier en uniforme, abandonne aussitôt son guet pour venir me barrer le passage :

– Désolé, lieutenant, mais personne n'est autorisé à entrer, m'intercepte-t-il.

– Je dois interroger le locataire pour une enquête de police militaire. Pouvez-vous au moins me dire s'il lui est arrivé quelque chose ?

– Appelez le commissariat de Chantôme d'ici une heure. Vous serez mise en relation avec le lieutenant Brahimi qui se fera un devoir de vous informer.

Pourquoi je ne tombe pas sur un gros lourd mal embouché, voire raciste, à qui je ferais un esclandre à mettre tout le quartier au balcon ? Décidément le vent a tourné.

Je salue d'un hochement de tête le flic trop correct qui attend calmement que je me tire.

Mais que je me tire où ?

Il me faut une trentaine de pas jusqu'à la place du village pour imprimer que je ne sais pas où je vais. Quand on suit les procédures, on marche. Quand on suit le fil des événements, on plane. Jusqu'à ce que le fil se casse.

Ne me reste plus qu'à me poser quelque part et, toute honte bue, appeler mon chef au secours.

À la mairie ? Une affichette apposée à la porte d'entrée m'envoie dire qu'elle est fermée cet après-midi, comme tous les mercredis. Une autre fois, avec un peu plus de mémoire vive disponible, je comprendrai que c'est l'accueil du public qui fait relâche et pas les bureaux.

Au Chouette bar ? Le rideau du café est descendu lui aussi. Mêmes jours de congé manifestement.

À mon hôtel ? Glauque, loin, pas envie.

Sur le banc qui me tend ses accoudoirs entre deux arbres ombrageant l'esplanade ? Pas mieux.

Mes fesses posées sur le bois râpeux, j'appelle le colonel sur son poste direct accessible à ses agents en opération 24/7.

– Mailland, me répond une voix claire à la première sonnerie.

– Bonjour mon colonel. Lieutenant Meyer au rapport.

– Bonjour Rudy, je vous écoute.

– Souhaitez-vous un rappel des attendus de ma mission ?

– Je les ai à l'esprit, merci.

Rassurant ou pas ?

– Morel a obtenu une retraite anticipée de l'armée en invoquant une maladie génétique incompatible avec un emploi de bureau en période de pandémie. Vous trouverez un bilan sanguin qui atteste son état de santé, en pièce jointe du mémo que je vous adresserai bientôt.

– Que vous m'adresserez aujourd'hui… Pourquoi me joindre ce document ?

– Le médecin légiste qui a réceptionné le corps de Morel à l'hôpital le tient pour un faux. Il soupçonne, par ailleurs, que Morel n'a pas succombé à une insuffisance respiratoire due à la Covid-19 mais à une asphyxie criminelle.

– Pourquoi a-t-il signé un certificat de décès pour cause naturelle ?

– Parce que l'hôpital, en surtension à cette période, a refusé l'autopsie du corps. Celui-ci ayant été incinéré depuis, c'est malheureusement irrémédiable.

– Comptez-vous prouver que Morel a été assassiné par le seul fait qu'il ait simulé une comorbidité potentielle pour bénéficier prématurément de sa retraite ?

– Non mon colonel. Morel est parti de l'armée pour briguer la mairie de sa commune. Sa liste électorale est arrivée en tête du premier tour. Même le maire sortant convient qu'il l'aurait emporté s'il n'était pas décédé…

Temps mort au bout des ondes.

– En définitive, voulez-vous me rappeler d'une phrase l'objet de votre mission ?

– Vérifier qu'un ex-officier d'une base stratégique est mort de mort naturelle ?

– Alors pourquoi vous intéresser au parcours civil de cet officier ?

Ne pas se démonter :

– Sur l'indication d'une employée de mairie, j'ai interrogé hier soir un jeune homme, colistier de Morel, qui aurait vu quelqu'un sortir de son domicile la nuit de sa mort. Je n'ai pas réussi à le mettre suffisamment en confiance pour qu'il me répète son témoignage. Il m'a cependant affirmé que Morel détenait des informations compromettantes sur des personnalités politiques locales, grâce à son emploi dans l'armée. Ce qui l'aurait mis en danger.

– L'accès de Morel à du renseignement civil dans une base de surveillance aérienne ne vous étonne pas ?

– Si. Le récapitulatif de sa carrière par son DRH et un survol de son dossier militaire plaident pour une affabulation de sa part auprès de son équipe électorale. Peut-être pourriez-vous le faire vérifier également ?

– Notez-le dans votre mémo et ce sera fait... Où voulez-vous en venir ?

– Lorsque je suis allée interroger la veuve Morel, j'ai découvert un cadavre dans un fourré derrière son domicile. Il s'agit d'un conseiller municipal, également coéquipier de Morel, tué par un tir d'arbalète.

– Qu'en dit la police ?

– L'OPJ envoyé sur place privilégie l'hypothèse d'un accident commis par une milice armée qui patrouillerait la nuit sur la commune.

– Et vous ?

– J'en reste à mon idée d'une effraction dans le bureau de Morel, pour y récupérer des documents, et d'une implication du jeune homme dans son interception.

– L'avez-vous recontacté ?

– Une voiture de police et une ambulance stationnent devant chez lui. J'ai voulu entrer mais j'ai été refoulée sans explication...

– Donnez-moi son identité et son adresse.

– Kevin Fournier, 2 impasse du Repos à Saint-Pierre l'Étoile.

– Et votre conseiller municipal assassiné ?

– Baptiste Junet, je n'ai pas son adresse.

– Je me renseigne, restez en ligne.

Mon désespoir reflue d'entendre le français académique de mon chef, modulé sans altération malgré les bourdes que je lui rapporte. Mais ce n'est que provisoire.

Mailland revient à moi quatre minutes plus tard, trop vite pour de bonnes nouvelles :

– L'officier de police judiciaire Nazim Brahimi, de la Direction régionale de la police judiciaire de Lyon, s'est rendu à l'adresse indiquée à 14 h 35, suite à un appel au central d'une parente signalant le décès du locataire par un trait d'arbalète dans le cœur... Cela vous parle ?

Ça ne me parle pas, ça me dévaste.

– Il semble que la police peine à qualifier l'homicide, poursuit Mailland. Le suicide serait évident si une arme courte, de type pistolet-arbalète, avait été retrouvée à proximité du corps. Reste l'hypothèse d'un meurtre, sans piste puisqu'à part la femme qui a été vue entrer dans l'impasse où résidait le défunt, aucun autre signalement n'a pu être obtenu du voisinage.

– C'est ma faute, chouiné-je en me recroquevillant sur le banc comme un clochard gelé.

La voix du chef me retient de carrément pleurnicher :

– Ces homicides proviennent d'un scénario préexistant. Vous en êtes un ressort tout au plus et, sans doute, par votre présence plus que par votre comportement. Que votre rapport me démontre une faute professionnelle et je vous promets une sanction à sa hauteur. Doutant, néanmoins, que vous sachiez ce que l'armée entend par faute professionnelle, je vais en commettre une, à titre pédagogique, en partageant avec vous mes doutes sur les raisons de votre mission... Qu'en pensez-vous ?

Couinement de chaton s'étant fait marcher sur la queue. Pas capable de faire mieux.

– Bien. Suite à votre visite au fort du Mont-Rolland, notre directeur général de la Sécurité intérieure, Paul-Antoine Deroubaix, m'a écrit. Propulsé dans l'Olympe administrative pour être sorti, non de la cuisse de Jupiter, mais de la même promotion de l'ENA que notre ministre de l'Intérieur, PAD, comme le surnomment ses yes-men, est un petit monsieur contrarié. Les gestes barrières le privent d'un haka de bureau consistant à vous écraser les doigts d'une main d'enfant, tout en dardant un regard de fauve en rut dans le vôtre. Ne lui reste, pour faire rayonner son charisme de mâle alpha des open-spaces au-delà de son immeuble levalloisien, que de marteler les parquets de l'hôtel Beauvau, où nous nous réunissons chaque semaine, de Richelieux à talonnettes impeccablement glacées. Je ne vous vante pas son dévouement notoire pour mentorer de jeunes et jolies impétrantes dans ses services que, vous connaissant, vous pourriez mal interpréter... Voudriez-vous renifler à nouveau dans l'appareil, que je m'assure de ne pas avoir surdosé l'agent sédatif de mon exposé ?

– Oui, mon colonel.

– Par des phrases à tiroirs empreintes de l'obséquiosité ironique, par laquelle le haut fonctionnaire marque son rang dans l'aristocratie républicaine, un courriel roboratif de la DGSI m'a rappelé que la charge de la gendarmerie prévôtale, confère le décret n° 2013-231 du 19 mars 2013, se bornait à des opérations de police auprès des troupes françaises opérant à l'étranger. Par le fait, mandater un officier pour une enquête, même administrative, sur une base militaire de haute sécurité dans la périphérie lyonnaise, serait-ce au prétexte d'une interprétation d'extraterritorialité des instances de l'OTAN, exige une concertation entre les parties prenantes du contre-espionnage. J'ai fait part aussitôt de ma disponibilité pour tout Yalta sur le département du Rhône. Une convocation, vendredi matin, aux premières assises d'une Cellule Interministérielle de Crise, m'est retournée ce matin. Il apparaît ainsi que la DGSI veuille débattre des résultats de votre enquête avec le ministère de l'Intérieur et l'état-major des armées. Avez-vous une idée des raisons d'un tel dispositif pour la mise à jour d'un dossier RH ?

– Aucune, mon colonel.

– Au risque de conforter ma réputation de ganache psychorigide, hermétique à la métacommunication bureaucratique, moi non plus.

La voix du chef s'est éteinte. Une seule raison possible, on vient de lui coller un mémo sous les yeux :

– Quel est votre programme maintenant ? demande-t-il.

Je ne commets pas l'erreur de lui répondre que c'était justement ce que je voulais qu'il me dise :

– Je dois interroger la femme qui secondait Morel dans sa campagne électorale. Comme elle est hospitalisée à Lyon, je ne pourrai pas la rencontrer avant demain matin. D'ici là...

– D'ici-là, vous vous renseignerez sur la Ferme du Paradis... Selon la Chambre d'agriculture, c'est une « micro-exploitation permacole ». Selon la DRSD[1], qui les surveille, un groupuscule d'écologistes radicaux dans la mouvance autonome. Un rapport d'écoutes téléphoniques, qui devrait me parvenir incessamment, mentionne le nom de Junet à plusieurs reprises.

---

1 Direction du renseignement et de la sécurité de la défense.

Je commets l'erreur de me jeter sur l'os tendu comme un pitbull affamé :

– Où sont-ils basés ?

– Sur votre commune...

– Envoyez-moi leur adresse, j'y suis dans un quart d'heure.

– Demandez-moi d'abord quel est leur lien avec le capitaine Morel, que je n'aie pas l'impression d'avoir prêché dans le désert, me reprend le chef de volée.

– Pardon mon colonel... C'est quoi le rapport ?

– Des échanges avec d'autres activistes appelant à la destruction du radar du Mont-Rolland... Je vous envoie leurs coordonnées GPS par texto.

Mais ça fait un p... de rapport :

– J'y vais tout de suite, promets-je, essayant de moins extérioriser mon envie de me jeter sur n'importe quelle nouvelle piste.

– Faites mais reprenez le fil de votre enquête, où qu'elle en soit, tout de suite après. Et cessez de vous dénigrer. Jamais la ganache psychorigide n'admettra s'être trompée en vous faisant confiance. À bientôt, Rudy.

## 14 – AUDREY

On accède à la Ferme du Paradis, au lieu-dit du même nom sur Maps, en marchant une demi-heure sur une route communale en direction de Chantôme. La voie, au revêtement délité, longe une vigne à la sortie de l'agglomération pour finir en cul-de-sac après un tunnel étroit sous la voie du TER. Derrière, l'adresse est signalée par sa dénomination idyllique et trois lignes de noms et prénoms joliment peintes au minium sur une caisse à vin clouée sur un pieu.

La parcelle consiste en une langue de terre descendant en bonne pente entre une ligne de chemin de fer et une autoroute toute neuve. À mi-hauteur, deux camping-cars fatigués, un wagon de train abandonné et une caravane entourent un petit chapiteau en forme de yourte. Sont disposés autour, comme au petit bonheur, une éolienne artisanale, un poulailler, des ruches, un abri en tôle à moitié rempli de foin et, en amont de ce que j'aurais tendance à prendre pour un potager, un bosquet de jeunes arbres clairs. Plus bas, en bordure du talus grillagé de l'autoroute, un tapis de plantes aquatiques, genre papyrus, couvre la moitié d'une grande mare.

La seule présence humaine que je détecte est la silhouette d'une femme enceinte courbée dans le potager. Foulard dans les cheveux et bandeau de grossesse noué dans le dos sur une salopette de mécanicien délavée, elle gratte le sol de ses mains le long d'une ligne de plants. En dépassant une serre garnie de gros bidons noirs, dont j'apprendrai qu'ils servent d'accumulateurs de chaleur, je remarque également un jeune garçon qui trait une chèvre attachée à un piquet à une dizaine de pas de la jardinière.

Ma première appréciation, toujours trop rapide je sais, communauté néo-amish de cassos décroissants et leurs gosses déscolarisés.

– Bonjour. C'est pas un peu tôt pour récolter les carottes, abordé-je la femme, qui arrache vaillamment des tiges chétives.

J'espère qu'elle a prévu autre chose à bouffer pour ce soir.

– Ce sont des panais. Je ne les récolte pas, je les éclaircis, rectifie-t-elle sans un regard.

À mieux y regarder, je dois admettre qu'on est dans l'élagage et pas dans le ramassage. À part que pour moi, c'est des carottes.

– Est-ce que je peux vous parler ? m'introduis-je plus directement.

– Tant que ça ne m'empêche pas de travailler, concède la femme qui ne témoigne toujours d'aucun intérêt pour ce qui se trouve, de mon physique enchanteur, au-dessus de mes rangers.

Que je ne l'empêche pas de travailler ? Parce que je fais quoi, moi ?

– Et lui, il ne devrait être à l'école ? contre-attaqué-je, en me tournant vers le gamin, lui aussi absorbé par sa tâche.

– Pas le mercredi.

Bon, je crois qu'on va zapper les préliminaires :

– Vous connaissez un dénommé Baptiste Junet ?

– C'est notre propriétaire... Si c'est lui qui vous envoie, je vous demanderai de revenir avec une autorisation judiciaire, m'informe la voix venue du sol.

– Il a été tué la nuit dernière par un tir d'arbalète.

La femme se redresse enfin mais trop vite pour son état. Je la retiens par les épaules avant qu'elle ne s'affale dans ses cultures. Elle retrouve son équilibre et, en bonne maman, regarde aussitôt dans la direction de son fils pour s'assurer qu'il se tient toujours hors de portée de notre conversation.

– Quelle horreur. Ça doit être épouvantable pour ses enfants, finit-elle par oraisonner (ça n'existe pas ?).

– Pas pour vous ?

La permaculltrice (ça, ça existe) roule des hanches à la manière caractéristique des femmes en cloque et resserre son écharpe autour de sa taille. C'est drôle comme une femme enceinte, c'est bouffi et pataud et magnifique à la fois (oui c'est un lieu commun).

– Allons nous asseoir deux minutes, offre-t-elle en me montrant une grande table encadrée de demi-troncs d'arbre sous l'auvent conique devant le campement. Voulez-vous un café, un verre d'eau ? me demande-t-elle lorsque nous nous attablons face-à-face.

– Non merci, refusé-je.

En vrai, l'un et l'autre m'iraient bien mais je n'ai pas le cœur à faire relever mon hôtesse. Maintenant que je peux l'observer, je découvre un visage carré volontaire barré par une mèche de cheveux noirs tombée d'un fichu en lin ocre. À part un grand front plissé par le stress, elle fait plus jeune que je ne l'avais cru en arrivant, soit plus près des trente que des quarante. Question bagage intellectuel en revanche, un je-ne-sais-quoi me suggère de relever la mire par rapport à mon estimation initiale (hâtive, je sais).

C'est le problème des interrogatoires hors procédure. Comment savoir où on met les pieds quand on ne peut pas exiger état civil, CV et emploi du temps de son interlocuteur en préambule.

– Nos relations avec Junet étaient exécrables, si c'est ce que vous vouliez savoir, reprend la fille spontanément.

– C'est qui nous ?

– Mon compagnon, le couple d'amis avec qui nous avons monté la ferme et l'ouvrière agricole venue s'installer ici au printemps dernier.

– Quel était votre problème avec Junet ?

– Il nous harcelait, depuis plus d'un an, pour nous obliger à lui rendre une parcelle de son terrain, où il voulait installer une antenne 5G de trente-huit mètres de haut.

– C'est grave ? m'étonné-je.

La fille vrille deux yeux bruns profonds dans les miens à la recherche d'une lueur d'intelligence. Je sais, c'est moi qui ai (encore) commencé.

– Si c'est grave ? Vous vous croyez dans une décharge ?

– Pas du tout, mentis-je.

– Quand nous sommes arrivés ici en 2013, après la construction du dernier tronçon de l'A89, le terrain n'était qu'une coulée de gravats où ne poussait plus que de l'ambroisie. Il ne valait rien et c'est bien pour ça qu'on a pu le louer. Nous avons planté un potager, qui donne aujourd'hui plus de deux kilos de légumes par an au $m^2$, sans engrais chimique, et une forêt nourricière pour l'ombrager.

– Je vois…

– Nous avons creusé un bassin pour récupérer et épurer les eaux de pluie, construit des serres, des ruches, monté un restaurant…

– Un restaurant ?

– Le wagon que vous prenez pour une épave. Tout ce qu'on y sert vient de la ferme. Si vous voulez réserver, c'est un mois de délai.

Et voilà que je me fais balader à nouveau :

– Bravo… Mais quand avez-vous vu Junet pour la dernière fois ? tenté-je de recadrer.

– Il est venu avec ses fils nous menacer, il y a trois semaines. On l'a signalé au collectif mais j'imagine que c'est ce qui vous amène.

À moi de prendre du temps pour capter l'insinuation :

– Vous croyez qu'on vous écoute ?

– Tout le monde est écouté. Si vous avez parlé de nous au téléphone aujourd'hui, demain la bannière de votre messagerie sera remplie de pubs pour de l'épicerie bio ou du matériel de jardinage.

Ça s'éparpille à nouveau.

Mais vivement le GIGN où on ne parlemente que pour savoir dans quelle direction tirer.

– Où étiez-vous la nuit dernière ?

Dans son état en vrai, je ne la vois pas arpenter la campagne de nuit avec une arbalète en bandoulière, mais je dois poser la question.

– Dans mon mobile home avec mon fils, répond-elle.

– Et les autres autonomistes ?

– Autonomes. Ils assurent notre tour de garde à la ZAD du Grand Font toute la semaine.

– C'est où ?

– Sur le tracé du contournement routier de Chantôme, à sept kilomètres… Saviez-vous que l'équivalent d'un département est artificialisé en France tous les dix ans ?

– Ils ont un alibi pour cette nuit ?

– Je viens de vous le dire, ils manifestent contre une nouvelle autoroute h24. Vous ne trouvez pas qu'il y en a assez dans le secteur ?

– Et des radars militaires ? insinué-je.

La jeune femme me sonde à nouveau. Limite offensante, elle en déduit pouvoir poursuivre la leçon sans danger :

– Vous êtes militaire. Vous devez savoir que les radars de défense aérienne émettent des ondes millimétriques et qu'ils ne surveillent pas que le ciel.

– Je suis militaire mais je n'ai pas fait Saint-Cyr. Et vous ?

Bravo pour la vanne infantile et inopportune :

– Juste Centrale Lyon… Si vous avez du mal avec la science, lisez le programme de la liste électorale de Junet. Pas besoin d'un diplôme d'ingénieur pour voir qu'il fait la promotion de la smart city à la chinoise, avec gestion informatique de l'espace public et télésurveillance tous azimuts… S'il vous faut un autre indice, demandez-vous pourquoi Junet soutient un ancien officier du Mont-Rolland…

Laminée mais sauvée de la noyade :

– Vous connaissiez Morel ? demandé-je, en me levant machinalement.

– Seulement sa profession de foi.

– Vous savez qu'il est mort lui aussi ?

Cette fois, l'avis de décès fait flop :

– De la Covid-19, oui… Aujourd'hui, la fréquence des ondes 5G est de 3,5 gigahertz. Demain, elle montera à 26 et à 60 en 2030 avec la 6G. Même les agences de santé gouvernementales préviennent qu'on est entrés dans de l'expérimentation. Avez-vous entendu parler de la fréquence de résonance du dioxygène ?

– Quel rapport avec Morel ?

La fille reste non seulement insensible à mon charme mais, en plus, clairement dubitative quant à mes facultés intellectuelles :

– Les ondes électromagnétiques artificielles altèrent les défenses immunitaires. Mettez en parallèle le déploiement des générations successives de télécommunications et les vagues de grippe d'abord, puis de Covid, et vous ne vous étonnerez plus de la mort précoce d'un homme qui a baigné toute sa vie dans un brouillard électromagnétique…

– Vous m'entraînez dans le complotisme pour me détourner de vos camarades, objecté-je en marchant le long du banc.

En levant la tête, je dois reconnaître que le wagon-restaurant a été restauré et, qu'à mieux y regarder, l'ensemble du caravansérail est plus soigné qu'il m'y paraissait de prime abord, même si toujours bordélique pour mon esprit militaire.

– Vous n'êtes pas en droit de m'interroger. Je ne vous réponds que parce que nous essayons toujours de toucher une conscience chez les agents du système, m'instruit la cultivatrice qui, maintenant, veut me cultiver moi aussi.

Le système, encore et toujours. Je pars en sortie de route de la présomption d'innocence :

– C'est gentil de votre part mais revenons aux autres. Ils ont les mêmes mobiles que vous et, eux, ils peuvent se déplacer.

– Vous êtes à côté de la plaque, ce sont des pacifistes, s'agace franchement la meuf.

– Au journal télévisé, on ne voit pas que des zadistes pacifistes, m'enfoncé-je.

– Ne regardez pas le journal télévisé.

Mon exigence professionnelle en béton me dit que je ne fais pas mon travail quand je ne laisse personne en larmes derrière moi. Mon intuition, que je perds mon temps.

Une notification sur mon téléphone vient me distraire du dilemme. C'est un texto de Marina qui me convie à un conseil municipal exceptionnel à 18 heures, soit dans une demi-heure.

– Je dois vous laisser. Merci de m'avoir reçue.

Si je savais distinguer le vrai du faux dans la causalité multifactorielle de l'apocalypse écologique, je remercierais aussi la femme de son cours en la matière.

– Je vérifierai vos déclarations, la menacé-je encore en me retournant une dernière fois, sans la terroriser outre mesure.

À l'entrée du tunnel sous le chemin de fer, je prends une photo de la boîte aux lettres de la ferme du Paradis. J'aurai au moins les noms du collectif autour d'Audrey, si j'en crois le premier prénom apparaissant sur la seule ligne de trois noms de la liste.

## 15 – MONSIEUR BERTHET JEAN-MARIE

De l'autre côté du tunnel, je retombe sur le vignoble que j'ai contourné en arrivant. Le tracteur surélevé, aperçu tout à l'heure au loin sur les hauteurs du coteau, arrive maintenant au bord du chemin.

Pas de questions à se poser, c'est un signe.

Je m'avance dans la travée entre les ceps et j'invite le conducteur à s'arrêter.

L'engin stoppe son museau, deux rotors de lanières en plastique qui ressemblent à des balayettes de chiotte, à deux mètres de moi. Pas de frayeur pour autant, compte tenu d'une vitesse de pointe qui ne doit pas dépasser les cinq à l'heure. Le conducteur coupe son moteur et ouvre une portière papillon en plexi de mon côté.

Pour moi, un tracteur dont le châssis monte à deux mètres de haut pour enjamber des vignes, c'est une machine à vendanger. Problème, même avec le réchauffement climatique et même pour une Parigote, on ne récolte pas le raisin avant le mois d'août. J'en serais assez sûre, sauf que m'étant déjà fait retoquer sur mes compétences agricoles, maintenant, comme dit la chanson, je les remets dans ma culotte.

Pas de chance, c'est le viticulteur qui y va :

– Le ban des vendanges est pas levé et je vendange, c'est ça ?

– C'est quoi le ban des vendanges ? joué-je franc-jeu.

– L'arrêté préfectoral qui autorise la récolte du raisin... Z'êtes pas là pour ça ?

– Pas du tout mais si vous commettez une infraction, je vais quand même devoir la verbaliser, tenté-je de rebondir.

– Je commets rien. Je me sers juste de la vendangeuse pour tracter la machine à épamprer.

Une occasion de revenir dans le match ?

– Épamprer c'est comme éclaircir ?

– À peu près, sauf qu'on coupe les pousses en trop, pas les racines. Et qu'on dit épamprer.

Gagné.

– Vous connaissez le propriétaire du terrain derrière la voie ferrée ?

Boule à Z sous une casquette au logo d'une marque de machines agricoles américaine, le viticulteur me contemple d'en haut, apparemment pas décidé à me rejoindre au rez-de-chaussée. Je choisis de ne pas lui en tenir rigueur, subodorant qu'une corpulence dans les cent kilos, pour une cinquantaine bien sonnée, doit le faire souffrir pour grimper dans son habitable.

– C'était un cousin, me répond-il. Si c'est pour m'annoncer qu'il est mort, je suis déjà au courant.

– C'est tout ce que ça vous fait ?

En hommage au défunt, l'homme se recueille les deux premières secondes d'une minute de silence avant de me répondre :

– On va pas se mentir, c'était une planche pourrie... Ses parents lui ont légué un quart des terres de la commune.

Au lieu d'y reprendre, il a presque tout vendu. Et pas à nous autres fermiers que du terrain, pourtant, on en cherche. À des promoteurs parce que ça paye mieux. Chez les vieilles familles d'ici, dont je suis, ça passait pas.

– À quel point ?

– Pas de le canarder à l'arbalète... En plus que nous, depuis Crécy, on est passé au douze.

Autre profil d'agriculteur en plus lourdingue ou qui se fait plus lourdingue qu'il ne l'est, si je peux encore risquer une impression, mais même punition.

– Et la Ferme du Paradis ?

– Les mangeurs de graines ? Sont pas des criminels, juste des casse-bonbons.

– Dans quel genre ?

– Dans le genre à m'expliquer que je dois travailler ma vigne à la main. Z'oublient juste que j'en ai six hectares d'un seul tenant... Ils croient qu'ils ont tout compris parce qu'ils arrivent à se faire à bouffer sur leur jardin. Mais nous, c'est tous les autres qu'on doit nourrir.

Et c'est reparti.

– Vous les avez déjà vus se promener avec des arbalètes ?

– Vous rigolez. Sont anti-armes, anti-chasse, antivaccin. Z'ont même pas une bombe contre les moustiques... C'est pas eux qui foutent le bordel.

– C'est qui ?

Le fermier sort une cigarette fripée de la poche de sa chemise et se l'allume avec un Zippo d'avant-guerre dont la flamme vient lui lécher les sourcils.

– C'est qui ? C'est tous les cons de la ville qui nous colonisent, comme vous, m'explique-t-il en lâchant un nuage de fumée.

Qui vous colonisent comme nous, les bronzés ? On tombe dans le déplacé ou je me fais un film ?

– Qui vous colonisent ? reformulé-je incrédule.

– Je veux dire comme vous, vous connaissez, précise le gars sans se démonter. Soixante-quinze pour cent de la surface de la commune est à l'agriculture. On est chez nous. Pourquoi on a plus le droit de vivre ? On se prend des procès et des pétitions sans arrêt... Parce que nos bêtes et nos machines font du bruit. Parce qu'on épand du lisier et des phytosanitaires... Sérieusement, quand leurs gones y tombent malades aux bobos, comme on les appelle, ils leur filent des médocs. Pourquoi moi, je pourrais pas soigner ma vigne quand elle a chopé le mildiou ?

Je sais que je devrais faire un flash-back pour lui rappeler que noir n'est pas un pays, mais je n'ai plus le temps de la pédagogie.

– Cette colonisation provoque des violences ? exploré-je par acquit de conscience.

– Et pas qu'un peu, tonne le viticulteur qui ne relève pas, à mon grand soulagement, que je viens de lui demander de différencier la bonne colonisation de la mauvaise. Les rurbains, comment qu'ils s'appellent eux-mêmes, quand y voient à bouffer dans un champ, ils y garent leur bagnole et ils se servent. L'été dernier, y en avait toute une famille, là où vous êtes, à se gaver de mon raisin. Quand j'y ai demandé s'ils avaient pas l'impression de me voler, ils me répondent pas que la nature est à tout le monde ?

– J'entends, mais là on parle de maraudage, pas de violence...

– Mais si, c'est violent. Ce qu'ils nous volent pas, ils vont pas y acheter au marché à la ferme. Pour ce qui est d'y dépenser, ils préfèrent les tomates du Maroc ou les courgettes d'Espagne des supermarchés de Chantôme.

– OK, maraudage et irresponsabilité...

Ça y est, lui aussi je l'ai énervé. L'agriculteur dégringole de son perchoir, avec une agilité de chimpanzé que je ne lui aurais pas crue, et vient sur moi façon taureau de combat.

– Je vais vous expliquer, déclare-t-il en immobilisant sa grande carcasse à vingt centimètres d'un front à front qui lui aurait valu de morfler sans préavis. Avant qu'ils débarquent, les nouveaux, la violence, y en avait pas. Ou juste au bal que, souvent sur la fin, c'est vrai que ça mouchait rouge. Mais maintenant c'est la guerre... Je vous donne un exemple. Mon cousin, un autre, qu'est maraîcher, il s'est associé avec un éleveur pour monter une usine de méthanisation. Je sais pas si vous y connaissez mais la méthanisation c'est que bon pour l'environnement. En fait, c'est juste de traiter des déjections avant d'y rebalancer à la terre que, de toute façon, on y fait déjà mais en laissant partir le méthane...

– On ne va peut-être pas revoir tout le process.

– Bref, un groupe Facebook a balancé que le village allait puer, que ce serait une noria de camions toute la journée, que ça pouvait exploser et que nos baraques vaudraient bientôt plus rien. Quand l'éleveur a voulu répondre qu'y aurait qu'un transport par jour, qu'y avait pas de pression dans les tuyaux...

– Et du coup... coupé-je encore, comprenant accessoirement que le gars n'est pas descendu de sa machine pour me bousculer mais pour essayer de me convaincre dans son espace proxémique habituel.

– Sa famille a reçu des lettres d'insulte et, lui, des menaces de mort sur Internet. Mon cousin, ils y ont boycotté, comme y disent, son étal au marché du samedi. Ses gamins se sont fait bousculer à l'école. Sa femme a fait une dépression et elle y est encore six mois après. Quand son associé est allé annoncer à la comcom qu'il laissait tomber malgré qu'il avait obtenu toutes les autorisations et même le parrainage de l'ADEME, il a pas pu finir tellement il chialait. Si ça vous suffit pas pour la violence, je peux vous en raconter d'autres.

– Ça ira comme ça, merci monsieur... ?

– Monsieur Berthet Jean-Marie.

– Si nous avons besoin d'informations complémentaires, nous reviendrons vers vous. Je vous remercie de votre disponibilité.

– À votre service.

On avance. Jusque-là je n'avais pas de suspect, maintenant j'ai la moitié du village.

## 16 – LES ÉLUS

– Aujourd'hui, Baptiste Junet et Kevin Fournier ont été assassinés. Ces crimes nous commandent cette réunion extraordinaire. Merci de vous être libérés. La presse exprimera demain les condoléances et l'engagement de la mairie auprès des familles. D'ici là, il est de notre devoir d'élus de dépasser l'émotion pour prendre les mesures nécessaires à la sécurité de notre communauté. Je propose de délibérer sans assemblée générale préalable. L'ordre du jour, que vous me pardonnerez de ne pas vous avoir communiqué...

Marina a levé la tête de son PC pour se pencher à l'oreille de la mairesse.

– Oui pardon, l'appel... Stéphanie Aiassa ?

Silence dans la salle.

– Pas de procuration ?

Nouveau silence.

– Henri Charpentier ?

– Présent, tonne un barbu épais d'une des tables pliantes disposées dans le gymnase.

– Christian Jomard ?

L'appel des élus, des hommes et des femmes mal attifés entre quarante et soixante-dix ans, se poursuit, avec des coups de froid à l'énoncé des noms de Baptiste Junet et d'Alexandra Schneider.

Un sur deux, ou à peu près, ayant répondu à son nom, nous nous trouvons dix-sept rassemblés dans la salle polyvalente, où se tiennent maintenant les conseils municipaux, rapport à la pandémie.

Postée à gauche de la mairesse, au centre de la base d'un U de plateaux en bois vernis assemblés sur une moitié du terrain, la secrétaire de mairie déchire malgré ses efforts pour s'effacer dans une affliction de circonstance.

Moi-même, invitée par un sms de sa part aussitôt transféré à ma hiérarchie, me tiens assise à l'écart de la tablée, sous un panneau de basket, à trois mètres d'un autre observateur.

Madame la maire se lève. Marina la rattrape à nouveau par la manche de son tailleur :

– Quoi encore ? lâche la dame dans un feulement ulcéré porté par l'écho.

– ...

– J'ai oublié... Qui sera notre rapporteur de séance ? se reprend-elle.

Une femme, quadragénaire dans la même rangée, lève le bras.

– Catherine ? Merci... En vertu de mes pouvoirs de police, je vous transmets les dernières informations dont je dispose... D'après l'officier de police judiciaire Brahimi, de la Direction zonale de police judiciaire Sud-Est, les victimes ont été atteintes par des carreaux tirés d'une arbalète, possiblement la même arme toujours recherchée à cette heure. Sans témoin direct, aucune hypothèse n'est écartée, selon la formule consacrée. Le laboratoire de police scientifique de Tassin expertisera demain les scènes de crime. Le matin, celle du chemin de ronde, où Baptiste Junet a perdu la vie et, l'après-midi, le domicile de Kevin Fournier. Il a été convenu avec le lieutenant de police Brahimi d'associer nos ressources pour veiller cette nuit à la protection des scellés posés sur les sites. Dans le même esprit, il nous prie instamment de préserver son travail d'investigations parallèles et, à plus forte raison, de toute velléité de justice privée qui, selon lui, représente le risque le plus sérieux de nouvelles violences.

Pas de réaction, sinon qu'à la dernière phrase de la mairesse, les regards de l'assemblée ont suivi le sien sur ma personne. Contrairement à l'habitude, tous ne sont pas admiratifs.

Une nouvelle note manuscrite à la main, l'édile reprend son speech :

– La résolution, que le bureau souhaite maintenant soumettre au vote du conseil municipal, est la demande au préfet d'un placement de notre commune sous le régime de l'état d'urgence... Raymond, veux-tu nous exposer les modalités de ce dispositif ?

Un barbichu dans la soixante-dizaine, tête blanchie mais martiale, s'extirpe de sa chaise à coque plastique à la droite de la mairesse. Un accoutrement pantalon, blouson et bottes de jardinage verdâtres, chamarré de bandes réfléchissantes et de pièces de cuir cousues aux coudes et aux genoux, devrait lui déconseiller une pose héroïque à la serment du Jeu de paume. Ce n'est pas le cas :

– Merci Solange. La loi du 3 avril 1955 relative à l'état d'urgence a été votée pour prévenir et réprimer les attentats en Algérie. Il s'agit d'un régime d'exception destiné à compléter les pouvoirs de police du maire par le code général des collectivités territoriales. Il permet le contrôle par la police ou l'armée des personnes, des domiciles, des déplacements et des réunions. Il autorise les interventions pouvant en découler, sous forme de perquisition, fermeture de lieux publics et interdiction de séjour ou de réunion...

– Ça va se traduire comment au niveau de la commune ? interrompt une femme frêle aux cheveux blancs coupés court, enveloppée d'un poncho mexicain.

La mairesse lève le bras et ouvre la bouche pour répondre mais son adjoint, toujours debout, la devance :

– La première mesure soumise au préfet sera la confiscation de toutes les armes et munitions sur la commune.

Comme un ressort trop longtemps comprimé, la grosse voix du broussailleux Charpentier fend l'espace :

– Les saisies que permet l'état d'urgence concernent les armes de catégorie A et B, dont ne font pas partie les arbalètes. Et, quand bien même, comment les réquisitionner puisqu'elles ne sont pas soumises à déclaration. Votre plan consiste à déposséder les Pierrotins des armes qu'ils ont achetées légalement pour n'en laisser qu'aux criminels... C'est n'importe quoi, comme d'habitude.

La mairesse se lève :

– J'avais espéré qu'en ce moment de deuil, nous nous comporterions en équipe, sans considération politicienne.

Effet chiffon rouge. Le barbu se congestionne mais se fait doubler par la femme au poncho :

– Durant votre mandat, pas un poste indemnisé au conseil municipal, à la comcom ou dans ses EPCI n'a échappé aux élus de la majorité. Pas un emploi public, pas une subvention, pas un marché, à leurs proches. En appeler à l'esprit d'équipe quand il ne reste plus que des problèmes à partager frise l'indécence.

– Un peu de respect pour les familles des victimes. Elles attendent autre chose de nous que des querelles de clocher, gronde mon présumé premier adjoint.

Re-mal joué. C'est au tour d'une trentenaire à lunettes assise sur le même bord de tables, manifestement celui de l'opposition, de cracher son venin :

– Apprendre la mort d'un homme à ses proches sur InfoPocket, c'est ce que vous appelez respect pour les familles ?

Un bruissement de rires étouffés vient corser l'ambiance de merde.

La mairesse toujours debout, le visage virant au cendreux, attend le retour à un silence relatif pour repartir à la charge :

– Catherine, qu'il soit inscrit dans le procès-verbal que le bureau s'excusera publiquement pour sa communication inappropriée sur InfoPocket... Je suggère de revenir sur le fond de notre délibération. Baptiste était un élu et Kevin Fournier allait le devenir. Ne voyez-vous pas que nous tous sommes menacés ?

C'est dit avec conviction. Si j'étais un élu, j'y croirais.

Pas le poncho :

– Ton analyse est biaisée. Tu sais très bien que ce n'est pas le conseil municipal qui est visé mais une liste électorale.

– On aurait un serial killer de listes électorales à Saint-Pierre ? s'esclaffe le premier adjoint, attendant de déclencher l'hilarité générale.

Raté. Un premier gros brouhaha, que l'acoustique déplorable du local rend immédiatement pénible, lui répond.

Personne de l'arrière-ban des sortants, de dos devant moi, ni de ses ténors, en bout de piste, ne voulant se mouiller, la contestataire de service enfonce le clou d'une voix compassée :

– Comme vous pouvez le vérifier sur son affiche, encore placardée sur les panneaux de la place, les cinq premiers noms de la liste Morel sont Gérald Morel, Alexandra Schneider, Baptiste Junet, Agnès Girardin et Kevin Fournier. Morel est décédé de causes naturelles dont on peut douter puisqu'elles font l'objet d'une enquête. Alexandra a été contaminée par le coronavirus alors qu'elle s'était confinée dès le début de la pandémie, en raison d'une comorbidité sévère. Junet et Fournier ont été assassinés. Quant à Agnès, tout le monde sait qu'elle a subi un attentat, non élucidé à ce jour... Quelqu'un ici pense qu'il s'agit de coïncidences ?

Long silence.

– Que devons-nous faire, Sandrine, si l'on va dans ton sens ? demande la mairesse d'une voix lasse.

– C'est vous qui avez laissé la peur s'installer en espérant qu'elle vous ferait réélire, assumez vos responsabilités, se défausse l'autre.

– Qui a fait du terrorisme son mode d'expression ? réplique Raymond le jardinier, dressé sur ses ergots.

– Ça s'appelle désobéissance civile. C'est ce qui reste au citoyen quand les lobbies font la loi, intervient le barbu en se levant à son tour.

– Démissionnez ! clame Sandrine.

Le plat de la main de la mairesse, frappé sur sa table, finit par calmer suffisamment le vacarme pour qu'elle se fasse entendre :

– Doit-on porter au procès-verbal que la liste minoritaire accuse la majorité municipale d'inspirer des tentatives de meurtres ? demande-t-elle.

Tension silencieuse.

– Morel prétendait détenir des informations compromettantes sur des figures politiques de la région. On peut au moins se demander si ça n'a pas un rapport avec la décimation de sa liste, modère Charpentier.

– Balaye devant ta porte, Henri. C'est à vous que Morel a piqué ses idées et ses méthodes, lui répond Raymond.

– Mais c'est vous qu'il allait déloger, contre la lanceuse d'alertes de la liste minoritaire.

Les invectives fusent à nouveau en tirs croisés.

La mairesse s'assoit, un doigt dressé en direction de son premier adjoint, pour lui commander d'en faire autant et lui signifier qu'elle va le mordre s'il l'ouvre encore :

– Morel était un hâbleur et un combinard, ça n'est un secret pour personne. Hormis Alexandra, dont il aura profité de l'état de faiblesse, il n'a pu rassembler derrière lui que ceux dont ni vous, ni nous ne voulions plus. La concurrence de projets douteux et les rivalités pour les premières places dans sa liste généraient suffisamment de conflits pour qu'il n'y ait pas à chercher ailleurs les motifs d'un règlement de comptes éventuel.

Personne ne s'indignant d'accusations portées contre des morts, la tempête se calme mais la teigne de l'opposition ne lâche pas l'affaire :

– Deux mois de confinement nous ont accablés. Que va nous apporter de nous priver encore de libertés avec l'état d'urgence ? C'est une gesticulation au mieux inutile, nous nous y opposons, envoie-t-elle en coup de pied de l'âne.

– Votons, soupire la mairesse clairement à bout de patience.

– Qui est contre ? demande Raymond.

Les cinq du bord opposé lèvent le bras.

– Qui s'abstient ?

Quatre conseillers parmi les dos tournés se signalent sous les regards écœurés des adjoints.

– La résolution est rejetée. Nous sommes le 20 mai 2020, il est 19 h 13, le conseil est clos, conclut la mairesse.

Clos pas tout à fait.

Les spectateurs n'étant pas autorisés à intervenir pendant les délibérations du conseil, apprendrai-je plus tard, c'est le moment des questions du public constitué de moi-même et du type assis à côté de moi.

Madame la maire commence par lui :

– Laurent, des questions pour la presse ?

– Pas de question, merci, répond le type, un chauve d'un certain âge auquel je n'ai pas le loisir de m'intéresser davantage puisque vient mon tour.

– Merci d'avoir patienté lieutenant, m'apostrophe Solange Chaverot. Vous débarquez ici hier soir. Le lendemain, nous avons deux meurtres sur les bras, l'un et l'autre dans le périmètre de vos investigations. Avez-vous une explication à nous fournir ?

Je me lève et la joue pète-sec de toutes mes prédispositions :

– Je suis chargée de documenter un dossier militaire pour l'état-major des armées. Il m'est commandé de vous informer de mes démarches mais, en aucun cas, de vous en reporter. Puisque vous me prenez à partie, permettez-moi de croire que la police judiciaire établira un lien entre des événements, que je déplore autant que vous, et les dissensions que vous venez d'étaler, plutôt qu'avec mon enquête.

Premier adjoint carrément hargneux :

– Eh bien justement, pensez-vous vraiment pouvoir poursuivre dans ces conditions ?

– Ma hiérarchie est au courant de la situation. Aucun ordre de fin de mission ne m'a été adressé.

La mairesse passe du vénère au fielleux :

– Puisqu'il vous est permis de nous communiquer votre programme, pouvez-vous nous en faire part, que nous prenions nos précautions ?

Je me suis coincée toute seule. Ce besoin que j'ai de la ramener en public. Cela dit, autant en profiter pour crever l'abcès avec Kevin, avant qu'on me cherche des poux dans la tête à propos de notre balade d'hier soir :

– Demain matin, je me rendrai au chevet de votre adjointe hospitalisée afin de l'entendre, si son état le permet. L'après-midi, j'essayerai de rencontrer, dans l'ordre qui leur conviendra, la sœur de Gérald Morel et la police judiciaire, qui voudra sans doute me questionner quant à mon entretien hier soir avec Kevin Fournier. Ayant interrogé la famille, le cercle professionnel et la liste électorale de Gérald

Morel, je proposerai à mes supérieurs de vous libérer de ma présence en fin de journée.

Les membres du bureau se consultent en silence. Continuer à m'asticoter ou se contenter de la bonne nouvelle de me voir gicler demain ?

Deuxième option décrétée par la mairesse :

– Merci de votre réactivité et bonsoir à tous.

J'entends encore la voix de Marina par-dessus les raclements de chaises et les bavardages :

– Lieutenant, vous voudrez bien passer dans mon bureau un instant, s'il vous plaît, que je vous donne les informations dont vous aurez besoin demain.

C'est gentil.

***

Ce que veut Marina, je le vois dès qu'elle tourne la clé dans la porte derrière moi.

Et moi, je ne suis pas d'humeur.

On se jauge comme deux boxeurs à la pesée.

Ce soir, elle porte une jupe droite en gabardine bleu marine, un chemisier jaune paille cintré et de mignonnes ballerines en cuir. Ça a l'air trop partout et pourtant l'ensemble danse comme un feu de joie. Je tente de résister mais ses pupilles ultraviolettes me font disjoncter.

Résister, j'ai jamais su faire.

Quand je mets le holà, au bout d'un bon quart d'heure, je me confirme que les coutures de ses fringues étaient bien sur le point de lâcher. Quant aux bleus qu'elle a récoltés un peu partout dans notre virée entre le sol et le mobilier, il ne faut pas que j'y regarde de trop près. Ça me donne juste envie de lui arracher ce qu'elle essaye de se remettre pour lui en faire d'autres.

– Je fais suivre son courrier d'élue à Alexandra Schneider chambre 520, dans le service de pneumologie de l'hôpital du

Val d'Ouest, m'instruit-elle en reboutonnant les pans de sa blouse au-dessus d'une poitrine à mettre en vitrine d'une clinique de chirurgie esthétique.

Le ton professionnel et un rhabillement guindé m'avertissent d'un retour à la vraie vie.

Je viens de me faire serrer dans un bureau. Qu'est-ce que je croyais ?

– Je te déconseille d'essayer de la voir, rajoute la DGS en se rechaussant.

– Pourquoi ?

– Je ne connais pas les horaires de visite. D'ailleurs, je ne sais même pas si elles sont autorisées.

– C'est tout ?

– Alexandra est passée de chez elle, où elle s'est isolée il y a trois mois, à l'hôpital depuis un mois et demi, dans un état grave. Qu'est-ce qu'elle va pouvoir t'apprendre ?

– Comment a-t-elle fait pour tomber malade en restant confinée ?

– C'est ce que tu veux lui demander ?

– À moins que tu le saches.

Marina hausse les épaules, genre maman et son ado caractérielle :

– Je dois te prévenir également que le garde champêtre n'est plus disponible pour te conduire, complète Marina résolument en mode douche froide.

Postée devant la porte, elle piaffe d'impatience de me voir, comme dirait Papa, prendre mes cliques et mes claques.

Sauf que moi je ne suis pas pressée. C'est l'avantage d'une enquête en rade.

Pour que ça soit clair, je prends sa place sur son fauteuil et pose mes pieds sur son bureau. J'escompte un effet scénique à la hauteur parce que, cul nu sur du skaï, ça fait juste comme chez le gynéco.

À en croire la mine contrite de la locataire, le message passe :

– Qu'est-ce que tu veux ?

– Savoir pourquoi Morel et ses colistiers meurent les uns après les autres.

– Un lien entre ces décès n'est qu'une thèse de l'opposition.

– Fallait pas m'inviter à votre réunion pour l'entendre.

– Ça n'était pas le but.

– C'était quoi le but ?

– Écoute Rudy, sois raisonnable, me chapitre Marina.

Pas d'humeur non plus à me marrer mais je le fais quand même. Elle est pas trop la meuf ? Elle vient de m'arracher ma culotte et de me griffer le cul jusqu'au sang et maintenant il faut être raisonnable ?

Signe qu'elle finit par imprimer que même à moitié à poil, un gendarme reste un gendarme, elle prend une chaise :

– Je travaillais avec la mairesse en fin d'après-midi quand elle a reçu le policier accompagné de Florence Fournier, la belle-mère de Kevin, en état de choc. Le flic s'est d'abord énervé qu'on ne sache que lui répéter notre ahurissement, après qu'il nous eut rapporté un deuxième homicide sur la commune dans la même journée. Après, il nous a incendiées pour avoir annoncé la mort de Baptiste Junet sur InfoPocket. C'est vrai que le matin, on était convenus de le laisser interroger la famille du mort avant toute communication. Je ne comprends quand même pas ce qui l'a mis dans une telle colère.

Mais ça, je peux te le dire :

– Ce qui l'a mis en colère et qu'il ne peut pas vous dire parce qu'il ne vous fait pas confiance, à juste titre, c'est que la publicité du premier meurtre a provoqué le second.

Sidération de la secrétaire de mairie.

Le courant finit par revenir :

– La conseillère déléguée à la communication a pris cette initiative toute seule. La mairie publiera un communiqué demain pour s'en excuser auprès des proches de Baptiste Junet.

– Ça leur fera chaud au cœur et à Kevin aussi.

J'y suis peut-être allée un peu fort. Des larmes embuent les beaux yeux turquoise. Je me retiens d'aller consoler leur propriétaire parce que je sais comment ça va finir.

– Et après ? demandé-je.

Marina sèche ses paupières avec un mouchoir en papier. Zéro dégât. Privilège d'une texture de peau de velours au naturel.

– L'officier de police nous a informées des enquêtes de police scientifique prévues demain et sommées, selon ses mots, de virer la gendarmette de ses scènes de crime. La mairesse lui a répondu qu'elle ferait son possible. Qu'elle te retire l'agent municipal qui te conduit d'un cadavre à l'autre, pour commencer, lui a conseillé Brahimi. Solange a répondu que ça ne te gênerait pas beaucoup puisque tu courais de ton hôtel, dans un village voisin, à la mairie le matin et, après, partout.

– C'était ça l'objectif de votre réunion, me convaincre de dégager ?

– Presque. Quand Brahimi est parti, pour ramener Florence Fournier, trop bouleversée pour conduire, la mairesse a appelé ton service à Paris, au numéro dans le pied du mail que nous a forwardé la préfecture. On l'a transférée de poste en poste jusqu'à ce qu'un officier veuille bien la prendre. Le haut-parleur n'étant pas activé, je ne sais pas dans quels termes a été refusée son injonction de te rappeler immédiatement, mais c'était comme si le téléphone lui gelait dans la main.

Effet fluide glacial, c'est Mailland.

– Si je résume, tout ce que vous comprenez de la situation, c'est que je suis le problème ?

– Je me demande si tu réalises dans quelle situation se trouve la mairie. On n'est pas au Mali ici.

La réflexion débile de trop. Je me lève et file ramasser mes fringues.

Incroyable versatilité du genre humain, Marina se retrouve collée contre moi comme téléportée. Et pas pour m'aider à me resaper. Pour ne pas me décevoir à nouveau moi-même de ma force morale inconsistante, je la repousse fermement et repose mes fesses sur le faux cuir du fauteuil de direction.

Marina suspend l'assaut et fait la seule chose qui lui reste pour me retenir, se mettre à table :

– Solange Chaverot est une élue de droite, modérée bien que foncièrement antieuropéenne, grosse bosseuse et, malgré une appétence pour le cumul des indemnités, une bonne personne. Son premier adjoint, Raymond Verlhac, est un agriculteur à la retraite, bas de plafond, sécuritaire, climatosceptique et, étonnamment, féministe. À défaut de clairvoyance, il apporte à la mairesse loyauté et abnégation. L'élue qui gère notre communication, ainsi que le poste prévention-sécurité, celle qui n'a rien trouvé de mieux qu'annoncer la mort de Junet sur InfoPocket, s'appelle Marie-Ange Bergeon. C'est une assistante maternelle sérieuse, une passionaria de la défense du patrimoine et une idiote. Les autres adjoints sont une prof de SVT, responsable enfance, affaires scolaires et sports, un kiné, des affaires sociales et culturelles et un maçon retraité, de la voirie, des bâtiments et de l'environnement. Les finances sont la prérogative de madame la maire, les activités économiques et l'agriculture, de son premier adjoint. Le reste de l'équipe est à l'avenant, des retraités, des enseignants et des pensionnés, tous parfaitement inoffensifs. Voilà ce que je connais de la majorité actuelle, qui ne va pas t'aider puisque je n'imagine pas l'auteur, ni l'instigateur de la moindre violence parmi eux.

Pas mal le terme « majorité actuelle » mais ça ne prend pas :

– Parle-moi d'Alexandra Schneider.

Je me suis assez familiarisée avec le logiciel de Marina pour voir que derrière son joli front germe l'idée qu'elle n'a pas envie de me dire mais de me faire. Le signe universel du break, que je lui adresse préventivement, montre assez de résolution pour que le vampire rentre ses canines.

Avec une moue de dépit qui manque, moi, de me faire lever, elle pose élégamment une moitié de son fessier sur son bureau :

– Tu tiens absolument à rencontrer cette femme ?

– C'est mon dernier témoin parmi les proches de Morel. Personne ne m'empêchera de l'interroger.

De fortes paroles qui, comme souvent, se révéleront vaines mais qui, en cet instant, font le job.

– Alexandra Schneider partage son temps, on ne sait comment, entre une chaire de géographie, une adolescente qu'elle élève seule et son mandat pour la commune. Si elle avait renoncé plus tôt à sa nationalité allemande, elle serait notre maire. Lors des élections de 2008, où le panachage était encore autorisé, on a trouvé son nom rajouté sur des bulletins des trois listes, alors qu'elle n'était inscrite sur aucune. L'année dernière, alors qu'elle franchissait un carrefour à vélo, l'adjointe à l'urbanisme Agnès Girardin a été fauchée par un véhicule qui a pris la fuite. Astreinte depuis à un plan de soins intensifs pour espérer remarcher un jour, elle est empêchée de travailler durablement. Nous avons demandé à Alexandra de la remplacer. Elle nous a répondu que sa demande de naturalisation n'avait pas encore abouti. Nous...

– Qui c'est nous ?

– La mairesse et moi.

– C'est si important ?

– Des demandes d'autorisation d'urbanisme sont déposées en mairie chaque semaine. Le moindre retard, la moindre erreur dans leur traitement peut engager la commune dans un contentieux ruineux. L'arrêt d'Agnès a reporté la pression sur l'agent administratif du service. L'indisponibilité plus ou moins sincère des uns et des autres pour l'assister, ajoutée à l'impatience de notre mairesse, l'a envoyée en arrêt maladie longue durée à son tour.

– Pourquoi faire appel à l'Allemande ?

– Alexandra Schneider est une experte en géographie urbaine. Nous étions tellement acculées que nous l'avons convaincue qu'elle pouvait reprendre la fonction d'adjointe à l'urbanisme sous le statut de conseillère municipale déléguée, sans attendre sa citoyenneté française.

– Comment elle a pu gober ça ?

– Quand tu la rencontreras, merci de ne pas lui demander.

– Et Junet ?

– Un conseiller municipal de bas de liste. Je ne le connais quasiment pas.

J'y crois pas.

– Pas grave. La prof saura sûrement m'en dire plus.

Marina cède à la menace voilée. Ça n'est pas fair-play mais j'ai d'abord demandé gentiment.

– Baptiste Junet était un agent immobilier, héritier du plus gros domaine foncier de la commune. Tout le contraire d'Alexandra. Graveleux, agressif, toujours persuadé de se faire gruger et un relationnel détestable entre intimidation et familiarité. En faisant passer ses intérêts avant ceux de la commune, dès les premiers jours du mandat, il s'est avéré la grosse erreur de casting de Solange. Elle l'appelait sa friandise d'horreur.

– S'ils n'ont rien en commun, comment se fait-il que lui et Schneider aient rejoint la liste Morel ?

C'est là que le fil se casse :

– Je ne peux pas t'en dire plus.

– Qui le peut ?

Marina se lève :

– Hier, je t'ai recommandé quelqu'un. Aujourd'hui, il est mort. Tu peux aller te balader à poil dans la mairie si tu veux, moi je rentre chez moi.

Un coup de sang m'éjecte du siège et vient me planter entre Marina et la porte, dans la pose du videur de boîte de nuit :

– Tu as raison pour Kevin. Hier soir, je l'ai déstabilisé délibérément. Comment, je ne sais pas, mais sa mort et celle de Junet en résultent. J'ai dit au conseil municipal ce qu'il avait envie d'entendre pour m'oublier mais je ne partirai pas d'ici avant d'avoir coffré l'assassin de Kevin... Jusque-là, les seuls coupables que je connais, c'est toi et moi.

Le visage de Madone exprime une météo intérieure erratique, jusqu'à ce qu'on se retrouve encore bouche à bouche avant même que je puisse esquisser un geste de parade.

– Va m'attendre devant l'entrée de la salle polyvalente. Je te prends dans trois minutes, m'ordonne la sangsue.

## 17 – LA PRESSE

Marina me dépose sur le parking de l'hippodrome des Ombreuses, le bled de mon hôtel pouilleux. Moyennant une dernière passe dans la voiture, j'apprends que je dois y retrouver un certain Laurent Castellano.

Pourquoi ?

Correspondant de la presse régionale pour Saint-Pierre l'Étoile et deux autres communes mitoyennes, Castellano aurait poussé la conscience professionnelle jusqu'à lire l'intégralité des publications de la campagne électorale et assister à toutes ses réunions publiques. S'il me faut un cours de micropolitique, c'est mon homme.

Qu'est-ce qu'il fait aux Ombreuses ?

Il couvre le concours de danse en ligne du Far West Festival du Beaujolais, où doit s'illustrer une troupe de Saint-Pierre l'Étoile.

Comment je vais le reconnaître ?

C'est le type qui siégeait à côté de moi tout à l'heure au conseil municipal.

Pourquoi est-ce qu'il va me parler ?

À moi de me démerder.

Orné de la banderole de l'évènement ovni, le portail de l'hippodrome s'ouvre sur une procession de séniors, déguisés en figurants de western, qui s'enfourne dans une allée entre deux rangées de stands. C'est là que je vais sûrement devoir me diriger moi aussi, sauf que l'enseigne à cornes d'un saloon, à l'entrée du défilé, interpelle mon estomac. Il est 20 h 30, évidemment que j'ai la dalle. Une chose à savoir, puisqu'on en parle, la patrie peut tout me demander sauf de sauter un repas.

Je pousse le battant gauche de la porte, main droite sur le holster de mon flingue, prête à le braquer sur le premier cow-boy qui voudra me renvoyer dans mon champ de coton.

Mon irruption au milieu d'une grappe de retraités en Stetson s'opère dans une indifférence limite offensante.

Je passe entre les tables pour accéder au bar.

– Bonsoir, c'est possible de manger quelque chose ? hélé-je la barmaid, une mamie rougeaude en chemise à gros carreaux et chapeau gris ajouré comme de la dentelle.

L'esprit de la conquête de l'Ouest voudrait qu'elle me réponde « On sert pas les nègres ». Au lieu de ça, elle me montre une ardoise clouée sur une poutre :

– Je te conseille notre menu western. Burger aux œufs brouillés, Bud et apple-pie, pour quinze dollars.

– OK mais j'ai oublié d'attaquer une banque en venant. Du coup, j'ai pas de dollars. Je peux vous payer avec une carte de crédit ?

– Pas de soucis mais, après, si tu veux faire des achats sur la Route 66…

– C'est quoi ?

– C'est le marché. Les exposants ont pas de terminal de paiement, t'es obligée de payer en dollars. Tu peux en acheter dans la guérite marquée Wild West Bank à l'entrée… Et s'ils te filent des faux biffetons, c'est normal, leur tire pas dessus.

– Merci mais j'ai rien à acheter, je suis venue pour le LAN. Vous savez où c'est ?

– Le quoi ?

– La salle des jeux vidéo.

– T'es sûre de pas te tromper de crémerie ?

– Le concours de danse en ligne, c'est pas ici ?

La cow-girl du Beaujolais s'esclaffe :

– Si. Quand tu sors du marché, t'arrives sur le champ de courses. La danse en ligne, c'est le barnum à l'intérieur de la piste.

Mon dîner expédié sur le zinc, je prends la Route 66 dans un déluge de musique country et de Stars and Stripes sous toutes les formes, dont la version sudiste que je kiffe moins. Passé des stands de vestes à lanières, sacoches de cowboy, ceintures cloutées, rodéo sur taureau mécanique, tir aux pigeons, figurines de tuniques bleues et maroquinerie amérindienne, je débouche effectivement sur l'anneau de courses hippiques. Il me faut encore patienter deux minutes, le temps qu'un gang de papys bardés de cuir ait aligné ses choppers au millimètre, pour pouvoir traverser la piste et accéder à la tente de cirque qui trône au centre de l'ovale.

C'est en passant sous l'auvent de toile, coiffant l'entrée, que je comprends ce qui a fait marrer la meuf du saloon. La danse en ligne, c'est pas un jeu vidéo. C'est une troupe de danseurs en rang, façon baby-foot, qui essaye de défoncer le plancher à coups de santiags au beat d'une musique de redneck.

Entre la piste, les tables autour et le public debout le long de la buvette qui ferme un côté du chapiteau, je compte dans les quatre cents teufeurs.

Comment y repérer Castellano ?

Trop facile, c'est le seul qu'a l'air normal. Assis devant une table ronde placée entre la buvette et le dancefloor, un type en costard passe-partout expose un crâne d'œuf à la lueur bleutée d'un PC portable. Trahi par sa discrétion en quelque sorte.

– Vous permettez que je m'assoie avec vous, lui demandé-je, réquisitionnant une chaise vide à la tablée voisine.

– Je vous en prie, répond-il.

Assise devant lui, j'observe le type qui s'est remis à taper sur son clavier, les mains levées comme une dactylo du siècle dernier. Les soixante-quinze balais bien tapés mais un visage fin avec les signes d'un profil intellectuel, comme de petites lunettes rondes, un grand front lisse et des lèvres qui se mordillent. Une petite touche de maniérisme en plus dans la posture, me semble-t-il.

Puisqu'il n'en prend pas l'initiative, je lance les small talks :

– Je ne savais pas que ce genre de bal existait en France.

– Le Madison se danse en France depuis les années soixante. Aujourd'hui, il compte plus de trois millions de pratiquants, répond le journaliste sans se détourner de son écran.

– Il paraît que Saint-Pierre l'Étoile fait partie des stars ?

– Son équipe danse en kilt sur du rockabilly. Vous la verrez dans une heure. Si les événements de la journée ne la perturbent pas, elle doit gagner le contest... Qu'est-ce qui vous amène ici, lieutenant ?

Il m'avait reconnue.

– Je vous offre un verre ?

– Si vous voulez mais ça ne nous donnera pas plus de temps pour bavarder. J'ai deux articles à rédiger pour le bouclage de ce soir. Vingt-cinq minutes pour chacun, précise-t-il en faisant pivoter son téléphone vers moi, effectivement sur fonction minuteur.

– Si je vous donne de quoi illustrer un de vos articles ?

Castellano remonte ses bésicles sur son nez :

– Montrez toujours, dit-il en interrompant le compte à rebours sur son mobile d'un glissement de doigt.

Je lui présente mon propre appareil avec, à l'écran, une des photos que j'ai prises à la sauvette derrière la villa de Morel :

– Ce matin, j'ai trouvé le corps du conseiller municipal de Saint-Pierre dans ce bosquet. On est un quart d'heure avant l'arrivée de la police. Vous voyez du sang frais sur la porte de la villa d'Élise Morel et sur le chemin, devant le feuillage qui cache le cadavre. Si c'était un people, Paris Match m'en donnerait une blinde.

– Partagez-moi votre photo. Pendant que je la transmets à ma rédaction, vous pourrez aller me chercher une bière. Je répondrai ensuite à vos questions pendant dix minutes chrono.

Je transfère le fichier sur le 06 de Castellano et file au ravitaillement. Si Brahimi ouvre le journal demain, il l'aura mauvaise. Ça lui apprendra pour la gendarmette.

– Je vous écoute, me lance le journaliste, après avoir sifflé la moitié du godet en carton que je lui ai ramené de la buvette.

Un quart d'heure plus tard, du coup, vu que j'ai dû retraverser le marché pour aller changer mon bon argent en dollars de Monopoly.

– Je veux comprendre les élections municipales de Saint-Pierre l'Étoile... Ne me demandez pas pourquoi.

Ce que Castellano s'apprêtait à faire et ce dont, conséquemment, il s'abstient :

– Trois listes, sans étiquette, se sont affrontées au premier tour de mars 2020. Les sortants, l'opposition, actuellement liste minoritaire au conseil municipal, et la liste Morel...

– Sans étiquette, ça veut dire apolitique ?

– Ça veut dire sans affiliation officielle. Off, l'équipe municipale majoritaire se réclame de la droite souverainiste, l'opposition des Verts et Morel, son coup de maître, des deux à la fois.

– C'est possible ?

– Bien sûr, ça s'appelle le national-socialisme.

– Morel, un nazi. Vous n'y allez pas un peu fort ?

Sourire désabusé du dégarni :

– Consultez son site Internet « Saint-Pierre sécurisé », SS pour les amis. Vous n'y trouverez aucune référence explicite au nazisme, mais je vous défie de savoir appeler autrement le mariage du localisme et de la xénophobie qui vous est vendu.

– Il consiste en quoi exactement ce mariage ?

– À faire passer la bunkerisation du village pour un plan de transition écologique.

– Et en pratique ?

Castellano ferme son PC un tout petit peu trop fort :

– Morel veut faire préempter par la mairie les terrains vacants de la commune, appelés dents creuses dans le jargon urbanistique. Il promet d'y implanter un tiers lieu, pour des activités économiques mutualisées comme fablab, Amap, recyclerie, espace de coworking, incubateur d'entreprises... ainsi qu'une micro-forêt entourée de jardins partagés et d'une aire de compostage collectif... Pour plus de commun, pensez-vous ?

– Oui, concédé-je pour le rebond de l'exposé.

– Eh bien non, ça n'est que pour échapper à l'obligation légale de construire du logement social et, selon ses termes, la mosquée qui va avec... Morel entend anticiper les attendus de la loi Climat et Résilience en visant le zéro artificialisation net tout de suite, plutôt qu'en 2050... Pour la biodiversité, contre le ruissellement des eaux de pluie, contre les puits de chaleur ? Pas du tout. Pour la plus-value du bâti existant...

Dans le doute sur le discernement d'un témoin, conseille Papa, intercaler des questions dont on connaît les réponses :

– Électoralement, ça marche ?

– À merveille. Morel est passé à trois points d'une victoire au premier tour. Il n'y a que les sortants pour ne pas l'avoir vu venir.

– Comment ça se fait ?

Castellano se penche vers moi et hausse la voix pour couvrir la sono, qui vient de passer d'un flonflon de violons et cornemuses à une country électrique, en l'honneur de la douzaine de squaws emplumées et de bagnards en pyjamas rayés qui ont investi la scène :

– Après le premier meeting de « Saint-Pierre sécurisé », j'ai publié un article où je qualifiais son projet de local-socialisme et mettais en garde les néo-ruraux sur la séduction pernicieuse que peut exercer sur eux l'illusion du village gaulois. Tout ce que cela m'a rapporté est de devenir « l'embrayage » dans la campagne de Morel, la pédale de gauche, selon une vanne homophobe éculée.

– Personne n'a réagi ?

– Ma rédaction m'a rappelé que la pérennité de mon emploi tenait à la neutralité des pages locales du journal.

– Et les adversaires de Morel ?

– Croyez-le si vous voulez, mais les deux autres têtes de liste se sont permis de me recadrer publiquement, au nom de la liberté d'expression.

– Elles ont quand même fait campagne contre Morel.

– Elles ont distribué leurs professions de foi dans les boîtes aux lettres, si c'est ce que vous appelez faire campagne... Si elles avaient organisé de vrais débats publics ou fait du porte-à-porte, elles n'auraient peut-être pas attendu le dépouillement pour comprendre que la collapsologie généralisée avait débranché leur électorat.

Castellano doit se rendre compte que ses hyperboles soixante-huitardes sont en voie de me débrancher moi aussi :

– À Saint-Pierre deux populations cohabitent, glose-t-il. Les néoruraux, pour qui la commune n'est qu'un fournisseur de scolarité et de sommeil, et les anciens qui décroissent mais participent toujours assidûment à toutes les consultations...

La sociologie électorale de la commune ? Non merci :

– Si votre temps m'est compté, je préfère le consacrer aux acteurs plutôt qu'aux spectateurs, coupé-je court.

– Comme vous voulez. Solange Chaverot a fait valoir l'argument de ses mandats précédents, une gestion en mère de famille des finances de la commune. Pas d'augmentation d'impôt, maîtrise des charges de fonctionnement de la mairie, endettement soutenable et investissements responsables, comme la construction d'une annexe périscolaire ou l'extension du parking de la gare.

– Ça, ça fait gagner des élections ? m'étonné-je malgré moi.

– Les Français ne comprennent rien à leurs institutions. Des comptes à l'équilibre et une fiscalité stable leur semblent des performances, alors que ce sont des obligations du Code général des collectivités territoriales. C'est le secret de la prime aux sortants...

– Quelle a été leur position vis-à-vis de Morel ?

– La suffisance. Notre bilan parle pour nous, pas besoin de faire campagne, ni de débattre avec des amateurs.

– Et l'autre liste ?

– Même aveuglement, avec la circonstance atténuante de compter parmi ses têtes pensantes un platiste, une femme enceinte d'un extraterrestre, un druide coupeur de feu, une énergéticienne chamanique et le dernier templier de la véritable église évangélique vaudoise...

– Quel est leur programme ?

– Une incantation aux énergies renouvelables et à l'agriculture biologique sans autre disposition structurante que l'équipement des agents municipaux en désherbeurs thermiques, un poulailler dans la cour de l'école et...

– Le premier adjoint les accuse de terrorisme.

– S'il est un talent à reconnaître aux écologistes, c'est de savoir transformer en champ de bataille tout chantier d'infrastructure. Leur barrage, à l'entrée de la cimenterie de l'intercommunalité, a empêché l'extension de la carrière, pourtant votée par le conseil général, et fait fermer le site. L'année dernière, une campagne de harcèlement sur les réseaux sociaux a obligé deux agriculteurs de la commune à abandonner le projet d'une usine de méthanisation...

Déjà entendu et toujours ni le nom, ni l'adresse d'un assassin. Mais je n'ai pas à interrompre Castellano, le minuteur de son téléphone s'en charge. Mon créneau s'achève.

– Les flics locaux ne veulent pas d'une enquête sur la mort de Morel, c'est normal ? essayé-je encore.

Castellano soupire mais répond quand même :

– Je ne l'avais pas remarqué mais ça peut s'expliquer. Selon une des saillies de Morel, le garde champêtre et le policier intercommunal veillent à la sécurité de la commune aussi efficacement que les deux cyprès qui bordent l'entrée de la mairie. Peut-être aujourd'hui ne souhaitent-ils pas lui donner raison à titre posthume.

– En laissant un enquêteur extérieur découvrir que Morel n'est pas mort de mort naturelle ?

– Possiblement.

– Si c'est le cas, pour quel motif aurait-on voulu tuer Morel ?

Le journaliste rouvre son PC pour me confirmer la fin de l'interview.

Alors que je me lève pour quitter le bal avant que ne démarre le concours de Madison, dont les jurés se rangent le long de la piste, il épilogue :

– Le projet politique de Morel respirait la haine. Je suis sûr que la mort autour de lui, autant que la sienne, en découle. Ne me demandez pas comment.

## 18 – UN·E/DES INCONNU·E·S

Morel s'invente une maladie pour prendre prématurément sa retraite et se lancer en politique. Pourquoi exclure que sa femme n'en sache rien ? Pourquoi même n'ignorerait-elle pas d'autres choses sur son mari ?

Selon le chroniqueur local, Morel se présente aux élections de son village avec un programme associant des extrêmes théoriquement opposés. Les résultats du premier tour montrent qu'il séduit davantage de monde qu'il n'en indigne. Pourquoi pas ? Malgré tout, une chose que je ne m'explique pas est le peu de temps qu'il lui faut pour devenir un ténor de la scène politique locale. Comme s'il s'était acheté un programme électoral sur Leboncoin.

Morel se targue de détenir des dossiers sur ses adversaires, au point de devoir demander la protection d'un de ses équipiers. Probablement du pipeau pour se faire mousser ou un team-building à la petite semaine, puisqu'il n'a jamais travaillé dans le renseignement. Probablement rien d'extraordinaire non plus à cela, dans ce que j'imagine de l'arène politique.

Il meurt du Covid jeune, sans être sujet à aucune comorbidité. C'est arrivé à d'autres.

Un individu aurait été aperçu sortant subrepticement de sa villa, la nuit de son décès. Le médecin légiste de l'hôpital, qui a réceptionné le corps, soupçonne un meurtre. Convergence ? Mais de quoi ? Mon témoin est mort et Morel a été incinéré avant de pouvoir être autopsié.

C'est à partir de là que ça se complique vraiment.

Que vient chercher un colistier de Morel à son domicile en pleine nuit, deux mois après sa mort ? Qu'est-ce qui lui vaut de se faire trouer par un carreau d'arbalète ?

À part moi et mon arrogance, qui a tué Kevin ? Et qu'est-ce que c'est que ce Mystère de la chambre jaune, avec un cadavre sans l'arme d'un suicide, ni la moindre trace d'un visiteur ?

L'idéologie fascisante de Morel inspire la violence actuelle, soutient Castellano. Merci, mais Morel repose en poudre au fond d'une urne depuis deux mois.

Qu'est-ce qui a décidé l'état-major des armées à m'envoyer sur cette affaire sous un motif anodin ?

Battre la campagne de ma foulée gracile, dans le lever du soleil, amène n'importe quel problème à se résoudre tout seul dans ma tête.

Sauf que pas ce matin.

À qui la faute ? Sûrement pas à ces jolis vallons que traverse la départementale entre les Ombreuses et Saint-Pierre l'Étoile. Pas à leurs vignes en fleur. Pas aux chevaux, vaches et moutons tranquilles dans leurs pâturages. Pas aux chevreuils et aux écureuils qui, à mon passage pourtant aérien, courent se planquer dans les sous-bois. Pas aux grenouilles et aux canards braillards qui barbotent dans les mares collinaires.

Peut-être plutôt à cette impression d'être suivie.

Au moment où je suis sortie en trottinant du parking de mon hôtel, vers sept heures, une voiture stationnait sur le chemin longeant le grillage. Trop loin pour que j'aperçoive autre chose qu'un profil carré de gros 4x4 et deux accessoires qui s'en détachent. Un échappement de toit bordant le montant de la portière conducteur, ou tuba dans le jargon de mes ex-camarades méharistes, et un parechoc de semi-remorque. Une configuration proche de mon SUV du Mali mais qui fait grosse frime par ici, à peine me suis-je dit.

Quand je l'ai entendu démarrer dans mon dos, je ne m'en suis pas inquiétée. J'ai juste jeté un œil pour voir s'il allait me dépasser en arrivant sur la route, mais il avait tourné entre les arbres bordant le chemin de terre. Pas étonnant. À quoi un engin de brousse de ce tonnage peut servir d'autre ici, qu'à défoncer le tapis forestier, effaroucher les promeneurs et enfumer la faune ?

Après dix minutes de jogging, le bahut fait toujours tousser son diesel dans mon dos, tout en restant hors de ma vue.

Jusqu'à maintenant.

M'étant accoutumée à son timbre, je sais que c'est lui qui m'arrive dans le dos, à fond. Sans verser dans la parano, de tout le sud de la ligne de partage des eaux toute proche, on ne peut pas choisir meilleur endroit pour m'écrabouiller avec un 4X4. Côté droit de la route se dresse un muret en pierres sèches ceinturant le domaine d'un couvent dominicain construit par Le Corbusier dans les années cinquante. Qu'il est honteux que je n'aie pas pris le temps de visiter, me reprocheront des collègues de bureau qui n'ont pas une vision exhaustive de ma situation à cet instant. De l'autre côté, c'est-à-dire du mien puisque je cours toujours à gauche de la chaussée, un mur de soutènement en carreaux de béton, d'environ trois mètres de haut, transforme la route en un goulet dont je ne vois pas le bout.

Je me retourne pour vérifier que le véhicule me fonce bien dessus, comme j'en ai la prémonition.

C'est le cas. Il s'est déporté sur sa gauche jusqu'à labourer le terre-plein entre l'asphalte et la paroi. L'engin, maintenant à une vingtaine de mètres, est couvert de boue, plaque d'immatriculation comprise, et conduit par un pilote au visage dissimulé moitié par un FFP2 bleu, moitié par la capuche d'un blouson de camouflage.

Je me plaque sur le mur comme une araignée à l'approche de l'aspirateur. Le 4X4 fait crisser ses pneus de tracteur pour corriger sa trajectoire. Ce qu'ignore son conducteur, c'est qu'il n'a pas affaire à la gendarmette de Saint-Tropez mais au podium du concours d'entrée au GIGN, lequel comprend une épreuve d'escalade sportive. En comparaison des prises mono-doigt du mur de grimpe militaire, les joints entre les plaques font figure d'escalier. Je ne dis pas que cela me dispense d'un léger stress mais je me propulse en haut en deux secondes.

C'est trop.

Le capuchon en inox de l'échappement de toit du 4X4 frappe mon sac à dos au moment où je me rétablis sur la tranche du mur. Je pars en vol plané sur l'autre versant. Une chance que l'impact ait été amorti par mon sac. Une autre que la descente derrière ne soit pas à la verticale mais en forme de toboggan.

Je dégringole une douzaine de mètres de piste en béton avec la grâce d'un pantin de crash-test, avant de plonger dans la rivière qui vient s'y centrifuger. L'eau gelée imprime chaque millimètre de ma peau pour m'informer que je me suis écorché toutes mes extrémités.

Selon mes battements de pied désordonnés, il n'y a pas plus d'un mètre de fond mais trop de courant pour nager avec un autre objectif que de garder la tête hors de l'eau. Je tente quand même de me mettre debout face au flux. Je me fais essorer comme une chaussette dans une machine à laver.

Je m'obstine.

Il paraît qu'il ne faut pas lutter contre le courant mais se laisser porter. C'est pas mon style. Surtout que la haine m'est tombée dessus. Je ne pense plus qu'à prendre pied n'importe où pour pouvoir sortir mon flingue de mon sac et retourner sur la route.

Je vais arrêter un fourgon de deux tonnes avec mon pistolet de service ? Après les sommations qui vont bien et sans buter le chauffeur ?

Parfaitement.

Mon Sig-Sauer met quinze balles dans un cercle de douze centimètres de diamètre à cinquante mètres en trente secondes. Si je me fais charger à nouveau par le 4X4, je me donnerai le temps cette fois de lui faire au moins les pneus avant et la distribution avant contact. Et si ça ne suffit pas, je retournerai me baigner et je recommencerai.

Les rapides se calment. Je peux enfin ouvrir la bouche pour respirer, sortir de mes mantras de vengeance et considérer le paysage.

La rivière se divise en plusieurs brins sur un lit de sable et de pierres. À droite, dans le sens de la descente, la digue incurvée, que j'ai dégringolée en amont, guide le bras principal de la rivière jusqu'à un pont d'un modèle bizarre, une muraille massive percée en son milieu par une voûte minuscule. À gauche, une prairie pelée s'étend jusqu'à une barre d'immeubles gris.

Déversée dans une longue mare d'eau boueuse, je peux enfin me relever et me hisser au sec sur un monticule de terre gravillonneuse. Ma priorité restant de faire un carton sur la bagnole qui m'a chargée, j'envoie un pouce résolu me palper le sternum à la recherche de l'attache pectorale de mon sac à dos. Il me faut trois passages et une vérification visuelle pour capter qu'il n'est plus là.

Mes jambes retournent à la flotte sans me demander mon avis et entreprennent de remonter la rivière à la recherche de mon bagage. Je me traîne à contre-courant sur une dizaine de mètres avant de comprendre l'ineptie du projet.

Lesté par mon arme dans son holster et par mon smartphone, mon sac a dû se remplir de flotte et se coincer contre le premier embâcle au fond des rapides.

Le pistolet ne va pas aimer. Le téléphone encore moins. Lui, j'aurais pu le garder sur moi. J'y ai pensé mais ça fait une bosse au niveau de la cuisse, comme une culotte de cheval. C'est grave comme je peux déconner des fois. Faudrait que je refasse le chemin dans le même sens pour retrouver mes affaires mais, sans arme justement, c'est trop risqué.

Je m'extrais de la mare avant d'être prise à nouveau dans des remous.

Avec ma coupe à cent balles, tombée en serpillière sur les joues, mes baskets fluos qui font des bulles et un assortiment de plaies suintantes, je ne dois pas dégager la force tranquille que mon ministère attend de ses agents de terrain. Pas question d'aller jouer les dompteurs de 4x4 dans cet état. Surtout qu'à y réfléchir, la tête remontée à la température corporelle normale après un bain à moins de dix degrés, l'écraseur doit se douter que la première chose à laquelle j'aurai pensé, après mon plongeon derrière le mur, aura été d'appeler du renfort. S'il cherche à m'éliminer, ce doit être qu'il me craint. Et s'il me craint, c'est qu'il ne m'imagine pas assez teubée pour fourrer mon arme de service et mon téléphone dans un sac et tout paumer.

Bref, le 4X4 est rentré à la maison depuis longtemps.

Quoi faire maintenant, du coup, à part chercher une serviette ?

## 19 – MONIQUE

La traversée de la bande de terre entre la rivière et les HLM, en vrai un dépotoir, me prend deux minutes.

Je dois ensuite escalader un monceau d'ordures, literie moisie, canapés défoncés, armoires explosées et carcasses de deux-roues, entassées dans un goulet entre deux blocs. Pourquoi passer par là ? Parce qu'il n'y a aucun autre accès à l'intérieur de la cité de ce côté-là.

J'atterris dans la cour d'un ensemble d'immeubles à côté desquels les bunkers du Mur de l'Atlantique font riants. Le parking relève légèrement le standing grâce à quelques berlines allemandes en pneus taille basse et vitres fumées, garées au milieu de familiales délabrées et de carcasses calcinées.

Des mouvements au pied de l'immeuble qui ferme l'enfilade sur ma gauche attirent mon attention. Un camion porteur s'est garé à cul contre la cuve en béton qui sert de balcon à un appartement en entresol. Des manutentionnaires du troisième âge, en catogan et marcels, se relaient pour rentrer des cartons que d'autres leur font glisser du fond de la benne au bord de la ridelle.

En haut d'un escalier conduisant à un hall dont les vitres ont disparu de leurs armatures, deux réceptionnistes assis dos au mur accueillent trois femmes noires en boubou.

C'est quoi cette taule ? Assistance sociale, épicerie solidaire, tiers lieu ? Aucun autre signe de vie n'apparaissant dans le périmètre, je me résous à m'y présenter.

Je grimpe une demi-douzaine de marches ébréchées pour parvenir au palier. Juste à temps pour voir les Africaines et, pour l'une d'elles, son bébé en bandoulière, s'engouffrer dans l'appartement à gauche de la cage d'ascenseur. À droite, attablés derrière un pupitre de salle de classe garni d'un cahier et d'une boîte à stylos, un homme et une femme d'âge vénérable, en blouses grises d'épicier d'avant-guerre, me contemplent comme si j'étais Chewbacca tombé du Faucon Millenium.

Je viens m'incliner courtoisement sur les anciens pour permettre à leurs yeux usés de lire le mot gendarmerie, écrit en cap sur ma poitrine.

– Bonjour. Pouvez-vous m'indiquer un arrêt de bus ou une gare à proximité, s'il vous plaît ?

Ils lèvent le nez de concert pour me centrer dans leurs verres progressifs :

– Il n'y a pas de transport en commun dans le quartier, tarde à m'informer l'homme.

– Une station de taxis ? insisté-je.

Hochements de têtes négatifs et stupéfaction persistante.

Je ne demande pourtant rien de compliqué. Je ne leur raconte même pas comment je suis arrivée ici à la nage. C'est quoi le problème ? Mes cheveux qui me dégoulinent toujours dans le cou, mes articulations en sang ?

Je change d'angle :

– On est où ici, en fait ?

L'homme laisse à la dame le soin de me renseigner :

– Au point de distribution alimentaire des Restos du Cœur, dans la Cité des Pierres Dorées à Chantôme.

– Vous pourriez l'afficher, on gagnerait du temps, conseillé-je.

– Les murs sont détrempés, rien ne tient dessus... Qu'est-ce que vous cherchez exactement ? contre-questionne la mamie avec une vivacité intacte.

– Je suis sur une mission de vérification administrative à la mairie de Saint-Pierre l'Étoile. Ce matin, en partant de mon hôtel, je me suis perdue. Vous pouvez me prêter un téléphone que je demande qu'on vienne me chercher ?

L'ancien recolle au peloton :

– Nous sommes en zone blanche.

– Ça veut dire qu'il y a une cabine téléphonique dans le quartier, non ?

C'est la règle.

À en croire des regards qui se demandent « mais d'où sort cette cruche ? », et qui commencent à se répéter de manière préoccupante, pas ici.

– Sinon, vous devez bien avoir un téléphone fixe à l'intérieur.

La femme se lève :

– Venez avec moi, m'invite-t-elle.

J'entre à sa suite dans l'appartement ou, en fait, dans ce qui était un appartement avant la troisième guerre mondiale. Ça commence par un couloir sombre, ouvert d'un côté sur une pièce pleine de casiers de livres gerbés les uns sur les autres, et de l'autre sur un vestiaire meublé d'une penderie et d'un portant garni de frusques de deuxième main, au moins. Nous débouchons ensuite dans ce qui devaient être les salons du logement et de celui en vis-à-vis, la cloison entre les deux ne tenant plus qu'à des lambeaux de placoplâtre moite pendouillant au plafond. Une dizaine de bénévoles servent des denrées alimentaires basiques, sur un long comptoir de planches portées par des tréteaux, à une file de SDF, de bénéficiaires pardon. Côté salle, six tables rondes en contreplaqué, occupées pour moitié, hébergent la clientèle consommant sur place.

– Asseyez-vous et attendez-moi un instant, me commande la septuagénaire en me poussant vers une table libre.

Je me laisse faire.

Ça sent la moisissure, c'est mal éclairé et taiseux. Hormis quelques bénévoles des restos qui me scrutent à la sauvette, personne ne se soucie de moi. Ma coupe en vrac et mes fringues boueuses doivent faire couleur locale.

La femme revient munie d'un café noir dans un gobelet en plastique réutilisable et d'une serviette blanche pelucheuse, qu'elle me colle d'office sur les épaules.

– Merci mais ce dont j'ai besoin, c'est d'un téléphone.

– Il n'y a plus de ligne téléphonique dans le quartier. De toute façon, personne ne viendra vous chercher ici. Tout ce qui vous reste à faire, c'est attendre la fermeture à 18 heures pour qu'on vous emmène avec nous.

En fait, elle se fout de ma gueule.

– Vous croyez que quelqu'un peut m'empêcher de sortir de votre cité ?

– Peut-être pas mais, si vous essayez, c'est nous que vous allez mettre en danger.

– Comment ça ?

– Nous sommes admis dans la cité pour une aide alimentaire hebdomadaire, pas pour un poste de police.

– De gendarmerie.

– Policiers, gendarmes et même pompiers, ici ça s'appelle du bleu et c'est du pareil au même.

Je comprends d'un coup la vocation de bâche, autant que de séchage, de la serviette sur mon dos.

Par association d'idées, j'en profite pour me frictionner la tête et le haut du corps jusqu'à cesser de grelotter. Avec une gorgée de café pas bon mais chaud, je sens que je me retape. Sauf que j'ai des assassins à choper, dont un avec un contrat sur ma tête, et l'audition de mon témoin de la dernière chance dans ma to do list.

– Vous voulez que je passe la journée ici à rien foutre ? résumé-je.

– Regardez la famille tout au fond, m'invite la femme en pivotant de quarante-cinq degrés sur sa chaise.

À la dernière table du resto, une quinquagénaire fait face à un jeune couple aux bouilles lunaires. Son visage exténué perce une chevelure blond cendré qui n'a plus visité un salon de coiffure depuis des années. Sirotant un mug métallique fumant, qu'elle tient à deux mains comme pour les réchauffer, elle couve des yeux l'homme et la femme qui trempent des biscuits dans des bols de chocolat devant elle.

Viennent les sous-titres :

– Irène est une ouvrière du textile sans travail depuis les dernières faillites des teintureries de Tarare de 2006 et sans abri depuis treize ans. À côté, ce sont ses enfants, des jumeaux de vingt-sept ans. Le garçon est partiellement mutique, sa sœur totalement et épileptique. Asperger l'un et l'autre, selon mon expérience de psychiatre. Ils vont rester assis ici à boire du chocolat et manger des biscuits jusqu'à midi. S'ils vous semblent heureux, c'est parce que c'est le seul moment de la semaine où ils profitent d'un toit sans devoir se cacher.

– Je comprends.

– Vous êtes sûre ? Savez-vous que le peuple des invisibles afflue dans les rues, dans les caves et dans les squats du moindre bourg ? Restez avec nous aujourd'hui, nos bénéficiaires ont besoin de jeunesse. Vous apprendrez d'eux comment survivre demain, sans domicile et sans bien dans une société que le dérèglement climatique mène à la barbarie. Où courez-vous ? Regardez autour de vous. Le monde s'effondre.

Fait ch... grand-mère mais respect :

– Je peux parler à votre responsable ?

– C'est moi.

Va falloir faire avec :

– Si je pars par la rivière ? Personne ne m'a vue arriver, personne ne me verra partir.

– Vous ne pourrez pas descendre la rivière. La cité est construite sur l'aire de dégagement d'un barrage écrêteur de crue.

– C'est quoi ?

– Un barrage qui retient l'eau de la rivière dans des bassins artificiels, pour retarder l'inondation des agglomérations en aval. Les débordements de la Grosne noient régulièrement la cité. La dernière crue décennale est montée jusqu'au premier étage de ce bâtiment. Les habitants qui le pouvaient et les quelques commerces subsistants sont partis. Les programmes de relogement se sont succédé au fil des élections, sans jamais trouver de financement. Le barrage a été construit par le syndicat des rivières. La route départementale qui traversait le vallon jusqu'à l'entrée de Chantôme a été fermée. La cité reste un cul-de-sac sur la berge d'une retenue d'eau.

– C'est triste mais je dois quand même y aller.

La taulière jette l'éponge :

– Laissez-moi une minute, me demande-t-elle en s'arrachant de sa chaise.

Je la vois fondre sur une femme courtaude qui fait ses courses dans la queue. La bénéficiaire, teinture blonde au carré dans un ensemble veste et jupe tergal issu de ressourcerie, se fait remettre deux paquets de pâtes par un bénévole qui sucre les fraises. Les deux femmes s'agitent. Le courant n'a pas l'air de passer. Elles accèdent ensemble aux deux mètres linéaires suivants, voués aux légumes. Le conciliabule se poursuit. La patronne parle, la fausse blonde remplit son cabas avec des signes de dénégation vigoureux, mais qui déclinent d'un rayon à l'autre.

La taulière se décramponne finalement de sa proie à la laiterie et revient vers moi :

– Ingrid part travailler à Saint-Pierre l'Étoile. Elle vous y déposera.

– Merci.

Ingrid a fini ses emplettes. Elle passe devant nous sans un regard.

Je me lève pour lui emboîter le pas mais la taulière me retient par le bras :

– Quand je vous le dirai... À mon signal, vous courez jusqu'à une camionnette blanche garée juste devant. Vous ouvrez la porte arrière et vous vous allongez dans le coffre en vous couvrant de la serviette. Ensuite vous ne bougez plus jusqu'à nouvel ordre.

Ça va pas le faire :

– On va laisser tomber. J'ai patrouillé dans les rues de Bamako en uniforme, devant des gamins qui me braquaient avec des Kalachnikov. Je ne me cache pas sous une serviette.

On se jauge. La retraitée de la psychiatrie compulse ses souvenirs taxonomiques pour savoir de quelle pathologie je relève.

Moi, en vrai, je l'aime bien. Je mets mon karma en apnée pour que ça ne se remarque pas.

Une névrose obsessionnelle du genre incurable, doit-elle diagnostiquer puisqu'elle lâche l'affaire :

– Laissez-moi la serviette mais gardez à l'esprit que votre conductrice est une mère de famille qui prend des risques pour vous, pas un soldat... Un jour, vous reviendrez m'expliquer de quoi on préfère s'occuper au Mali.

## 20 – INGRID

Je quitte l'appart en courant, saute l'escalier d'un bond et atterris en flexion sur l'enrobé désagrégé qui entoure ce qui fait office aux résidents de parking, jardin public, déchetterie, city-stade et, me dit-on, épisodiquement de piscine. Tiens, un top model déguisé en ninja, se dirait l'un d'eux en me voyant passer, si je n'étais trop rapide.

Un fourgon antique stationne bien en travers de l'allée.

Je fonce jusqu'au hayon, l'ouvre et me jette à l'intérieur. C'est sombre. La première information qui me parvient m'est adressée par mes genoux meurtris qui, à leur heureuse surprise, ont atterri sur un matelas. Ça tombe bien, il paraît que je dois rester allongée dans le coffre.

Le bahut démarre dès que j'ai claqué la portière.

Malgré un dessus-de-lit à texture de sac de couchage et un sommier en mousse, la couchette est aussi confortable qu'une planche de fakir. Les suspensions du véhicule sont mortes. Le moteur, qui n'en est pas loin, convertit l'essentiel du gasoil brûlé en bruit, vibrations et gaz d'échappement, dont quelques volutes refoulent dans l'habitacle. À vue de nez, on plafonne quarante à l'heure à 4 500 tours/minute.

Je me lève pour aller m'asseoir contre la cloison ajourée séparant le poste de conduite de la cabine. Côté passager parce que, dans le coin en face, je distingue une lampe à abat-jour en velours frangé sur une tablette de chevet, les deux probablement vissées à la carlingue. Ma nouvelle position permet à ma colonne vertébrale de ne plus faire de castagnettes et à mon estomac d'apercevoir suffisamment du dehors, dans le haut du pare-brise, pour me retenir de dégueuler. Quand les derniers étages de la barre ont cessé d'y défiler, j'en déduis qu'on est sorti de la cité.

– Je passe devant, si vous permettez, annoncé-je en passant une jambe par-dessus le dossier, d'autant plus facilement qu'il date d'un temps où les appuie-têtes étaient en option.

– Tu restes derrière, réplique la conductrice.

– Il n'y a plus de risque, on est sur la nationale.

– Justement, c'est mon trottoir. Tu veux pas que mes clients croient que je rencarde les cognes ?

– Les gend... des clients de quoi ?

– Des clients de mon cul. T'es con ou quoi ?

Je me suis quand même pas embarquée dans la roulotte d'une prostituée... Mais dans quoi je me suis couchée ?

– OK, déposez-moi dans l'aire de repos devant, ordonné-je.

– T'es pas bien, c'est là que je turbine.

Je me penche par-dessus la banquette pour vérifier par la fenêtre. Sur le terre-plein, entre la quatre-voies et la ligne de chemin de fer coupant une colline de broussailles, vingt mètres au-dessus, trois tentes familiales se dressent à l'abri d'un paravent de sacs-poubelles noirs suspendus à une corde à linge. Petit supplément d'âme au décor, une coulée de gravats blanchâtres dégouline du sous-bois jusqu'au pied du campement.

Un bordel à ciel ouvert sur une route nationale, entre deux villages de France métropolitaine, c'est possible ?

Quid de sanitaires, chauffage, sécurité... ?

Poser ma question allant encore conduire à me faire insulter, je la remballe.

La travailleuse du sexe y répond quand même :

– La dernière fois que tes collègues se sont pointés, pas pour se faire reluire je veux dire, ils ont dit qu'il fallait qu'on se planque dans les fourrés. C'est marrant, des putes qui racolent en bord de route, ça la fout mal. Des putes qui pieutent dans de l'amiante, ça dérange pas.

– Vous êtes combien ? demandé-je.

– Qu'est-ce que ça peut te foutre ?

– Rien, c'est pas après vous que j'en ai.

– C'est après qui ?

– Des amateurs d'arbalète... Vous avez ça en clientèle ?

– J'ai. Qu'est-ce qu'y t'ont fait ?

– Deux meurtres.

– Pas possible, c'est que des baltringues.

– Vous êtes sûre ?

– Avant de me mettre au vert, j'ai tapiné vingt-huit piges à Barbès. Je fais la différence entre les hommes et les caves. Samedi dernier, la première gâchette de ta bande est passée au camp. Sauf qu'il a fait que chialer. Son clébard venait de clamser en le regardant pendant dix minutes, après qu'il y a tiré une flèche dans le fion à la place du renard qu'il coursait.

– Y en a pourtant un qui vient d'essayer de me rouler dessus ce matin avec son 4X4.

– Une caisse haute avec un parechoc et un échappement de gros-cul ?

– C'est ça.

– Rien à voir. Les arbalètes, c'est du trente-quarante piges mal fini qui tourne la nuit en quad. Le 4x4 format char d'assaut, c'est la classe d'avant, genre leurs vieux.

– C'est respectable de protéger vos clients mais ça m'avance pas.

Ingrid se tourne vers moi qui suis toujours cassée derrière, dans la fente entre la cloison et le plafond, à essayer de ne pas valdinguer dans le coffre à chaque cahot :

– Je protège que dalle. Tu peux les trouver dans l'ancienne carrière de la cimenterie. C'est indiqué chemin privé sur le rond-point à la sortie de Saint-Pierre. En fait, c'est pas à eux mais ils veulent pas que des gones en cyclos ou des cyclistes viennent les emmerder. De temps en temps, le garde champêtre arrache le panneau. Ils le remettent le lendemain. La mairie ose pas les virer vu qu'il y a du beau linge, notaire, patron, cardiologue, flic de la brigade financière et même un conseiller général. À part de passer au boxon quand bobonne pionce devant la télé, c'est pas des marioles. Celui qu'a manqué t'écraser devait être bourré. Je vois que ça... Ça t'avance mieux ?

– Pas vraiment.

– Tant mieux. Monique me dit que tu vas à Saint-Pierre. Je te largue à la gare ?

– Parfait, merci.

Ingrid me fait plaisir en reportant son attention à la route :

– Me remercie pas, je le fais pour Monique.

Je me rassois sur le plancher. Mon dos n'en peut plus de se tordre au-dessus de la banquette, ni mes mains de se faire scier par la tranche pétée d'échardes de la cloison en agglo.

Deux minutes plus tard, la camionnette s'immobilise dans un crissement de ferraille qui me troue les tympans. Ingrid se dresse sur son fauteuil et se tourne vers l'arrière :

– On est à la gare, tu te casses vite et en loucedé, s'il te plaît.

– Merci, réponds-je en me relevant, assez d'accord avec l'idée de ne pas me faire remarquer en descendant du camion d'une prostituée.

– Eh fliquette, m'interpelle l'asphalteuse, alors que j'attrape la poignée de la porte, après avoir enjambé précautionneusement la literie.

Gendarmette ? Je passe pour cette fois.

Je me retourne pour entendre la suite :

– Si t'as besoin de moi pour te déplacer, c'est que t'es mal barrée chez les bourres. Quand ils t'auront lourdée, rejoins-nous sur l'aire. Tu te feras plus de pognon que moi.

Je saute sur l'asphalte du parking, complet mais désert de la gare. Lorsque j'ai fait le tour de l'épave jusqu'à sa fenêtre, la femme baisse sa vitre à la manivelle.

– On m'appelle Rudy mais, en vrai, c'est Gertrude, me présenté-je.

Elle serre la main que je lui tends. La fonction ayant été désactivée de son visage de pierre depuis des lunes, elle n'essaye même pas de sourire :

– Moi c'est Ingrid. Ma sœur m'appelle Zohra, je sais pas pourquoi.

***

Oui, le tram-train est propre et tranquille. Rien à voir avec le RER, j'avoue. À part que les usagers, un échantillonnage multigénérationnel de néoruraux, collégiens et employés de bureau en tête, voyagent tous sur leurs téléphones.

C'est normal ?

Je ne crois pas.

A-t-on jamais observé auparavant un tel mimétisme entre toutes les tranches d'âge de la société ?

Non ?

Alors pourquoi maintenant ?

Parce que le numérique fait muter l'espèce humaine. À partir de la génération Y, l'enfant parvient à la majorité dans le même métavers de réseaux sociaux, téléréalité, plateformes de streaming et jeux vidéo que ses parents. De là, il stagne dans une adolescence larvaire jusqu'à la fin de ses jours. Conçue et recomposée entre bullshit jobs, binge-watching, burn-out et antidépresseurs, sa propre progéniture disparaîtra à la fin du siècle sans être devenue adulte, ni même en avoir rencontré.

D'ailleurs pourquoi parler encore de générations plutôt que de saisons d'une dystopie ? Génération alpha, saison trois de l'effondrement, par exemple.

Le bug de l'an 2000 a bien eu lieu, sauf qu'il n'est pas informatique mais génétique.

Je n'y comprends rien ? Je n'ai pas d'enfant ? Je ne connais même pas mes vrais parents ?

Pas faux.

Si mon téléphone n'avait pas coulé au fond d'une rivière, je serais dessus moi aussi ?

Peut-être.

Je gagnerais plus de fric à accepter ma dernière offre d'emploi, à savoir le tapin au bord d'une route de campagne, plutôt qu'à poursuivre dans la gendarmerie ?

Sûrement.

Est-ce que je ne devrais pas retourner à la Cité des Pierres Dorées pour me faire expliquer la sobriété et l'inanité de la propriété privée par des sans-abri ?

Alors là pardon, mais carrément pas. Je suis gendarme de métier à deux mille euros bruts par mois, avec un bac plus huit dans l'enseignement public. Rien de ce que je porte n'est à moi. Je suis nourrie, logée et, façon de parler, blanchie par l'armée. Je ne vis que par la collectivité. Plus mutualisée que moi, tu meurs.

Et si, pour reboucler, l'armée était notre avenir à tous ?

On ne serait pas heureux et mignons, tous ensemble en uniforme aux champs et à l'usine, à remplacer de nos bras nos machines bientôt en panne d'énergie ? La planète nous fait la guerre, désertification, épuisement des ressources, surchauffe, montée des eaux... Légitime défense, certes, mais s'il nous faut nous mobiliser comme un seul homme pour ne pas disparaître, quelle meilleure formule qu'un service militaire universel ?

La politique est le cache-misère d'une économie bête et méchante. Pourquoi ne pas la remplacer par l'intendance ? Peut-être découvrirons-nous qu'une chaîne de commandement militaire est ce qui nous approche le plus de l'idéal libertaire de l'ordre sans le pouvoir.

Caporalisme ? Crypto-maoïsme ? Saphisme paraphilique ?

Mieux vaut attendre une vraie transition de la prochaine COP ?

C'est vous qui voyez.

C'est seulement lorsqu'on entre en gare de Courzieu la Demi-Lune, ma destination, que je me rappelle qu'une bonne pratique de mon job aurait consisté à mettre à profit mes vingt-trois minutes de trajet pour revoir mon enquête à la lumière des derniers événements, bien qu'ils n'en dégagent pas la moindre.

Est-ce cette prof allemande, citoyenne et populaire quoique comparse de la campagne électorale délétère de Morel, qui va m'éclairer ? Encore un portrait ambigu mais, entre collègues, peut-être se comprendra-t-on.

## 21 – SHEILA

L'hôpital du Val d'Ouest est une ligne d'immeubles disparates reliés par des passerelles aériennes au fond d'une combe boisée. Un paysage paisible, seulement troublé par le grondement de la N7 adjacente qui vient se raccorder au périphérique nord de Lyon.

L'accueil se trouve sur une terrasse surplombant le parking au premier étage du bâtiment central, visiblement le plus ancien du lot. Je compte sur mon écusson de gendarme, même floqué sur une tenue de sport déchirée, une démarche empressée et une expression affairée pour franchir l'obstacle sans encombre. Sauf que je n'ai pas tout compris.

Épais et avenant comme un CRS devant un Apple Store un jour de manif, un interne en blouse et masque canard filtre les visiteurs sur le porche.

Je n'ai pas d'autre choix que de prendre la queue au bas de l'escalier.

Contrairement à ce que je craignais, ça va assez vite. Une partie des visiteurs parle brièvement et rentre. L'autre gesticule et se fait refouler.

Devant moi, un commercial en costard-cravate de grande surface me montre obligeamment ce qu'il ne faut pas faire quand arrive son tour :

– Je viens voir mon patron. L'est chez vous depuis hier. C'est monsieur Roussel... Jean-Claude, annonce-t-il.

– Dans quel service ? lui demande l'interne.

– Je sais pas, il a le Covid.

Le masque blanc du balèze se pince comme un soufflet de cheminée :

– On ne peut visiter personne en réanimation, c'est écrit partout.

– Tous les malades du Covid vont forcément en réanimation ? demande le type, avec un retard à l'allumage qui commence à irriter la file.

– Non, on les met en cabine de bronzage mais là, on n'en a plus de libre.

La lassitude du personnel hospitalier n'est pas une blague.

L'interne a déjà zappé mon prédécesseur pour se tourner vers moi.

– Bonjour, je dois rencontrer le docteur Touati, bifurqué-je in extremis.

– Je ne l'ai pas sur la liste des consultations.

– C'est le chef du service de médecine légale. Je viens le consulter dans le cadre d'une enquête criminelle.

L'interne me toise. Son regard doit accrocher mon écusson car, après deux secondes de flottement, il m'ouvre un battant de la porte vitrée d'une projection de hanche résignée :

– Rez-de-chaussée, au fond du couloir derrière les admissions. La prochaine fois, annoncez-vous directement aux urgences médico-judiciaires. C'est en dessous.

Après un arrêt devant un distributeur de gel hydroalcoolique sur pied au milieu du sas, je débouche dans le hall de l'hôpital. À gauche, un magasin de journaux et trois guichets d'accueil. À droite, une salle d'attente ouverte dont les hautes fenêtres alternent avec des distributeurs automatiques de snacks. Au milieu, un large couloir avec des ascenseurs de chaque côté et, au-dessus, le panneau indiquant le service des admissions.

Je passe devant le distributeur de tickets des admissions et poursuis dans l'allée jusqu'à la double porte en métal qui la ferme. Un panonceau « Unité de médecine légale » fixé au-dessus me confirme que je suis arrivée à bon port. Les deux valets tenant clos les battants et une caméra, penchée sur moi d'un bras mécanique au plafond, plaident pour la manière douce. Je tente quand même de tirer sur la barre qui sert de poignée. C'est comme si j'avais voulu déplacer le mur.

– Bonjour, lieutenant de gendarmerie Meyer. Pouvez-vous demander au docteur Touati si je peux m'entretenir avec lui un instant, s'il vous plaît, m'annoncé-je, le pouce sur le bouton en plastique de l'interphone.

L'appareil me laisse une vingtaine de secondes pour comprendre que je ferais mieux de me barrer, puis semble pris d'une quinte de toux :

– Écartez-vous de la porte, m'ordonne une voix de femme qui grésille dans le haut-parleur de l'appareil.

Les volets de la porte s'ouvrent vers moi comme les batteurs d'un flipper.

Derrière, le couloir se prolonge sur une quinzaine de mètres jusqu'à une intersection occupée par un guichet surmonté d'une vitre en plexi.

Depuis la veille, seul a changé le masque de la meuf aux yeux d'obsidienne derrière le comptoir. Hier il était bleu, aujourd'hui il est blanc. L'un et l'autre vont aussi bien à son mystère. Le docteur Touati se tient devant, toujours tout en rondeur, toujours les mains dans de dos :

– Bonjour lieutenant. Je serai ravi de vous recevoir en consultation mais je vous ai dit... Vous êtes blessée ?

Et toujours cette voix enjôleuse.

– Rien de grave... Je dois interroger un témoin hospitalisé chez vous. Il est atteint de la Covid-19 et il semble que l'on n'autorise pas la visite de ces patients.

– Je vous le confirme.

– Pouvez-vous m'aider ?

– Pas du tout, je suis navré... Par contre, il faut vous soigner.

– S'il vous plaît. Il s'agit d'une intime de Gérald Morel. C'est ma seule piste dans notre affaire, imploré-je.

L'astuce balourde de « notre affaire » me vaut une mise à jour :

– L'hôpital ne prend en charge que les formes sévères de la Covid-19, qui demandent une assistance respiratoire. Si votre témoin est hospitalisé, c'est forcément en réanimation, où ne peuvent accéder que des soignants accrédités en tenue de protection.

– Si vous me prêtez une tenue de protection ?

– Le personnel du service de soins intensifs est badgé et tracé. Vous n'y entrerez pas, dans quelque tenue que ce soit, rétorque patiemment Touati.

– Faites-moi un faux badge.

– Votre écusson, c'est un vrai ? s'agace la meuf derrière la vitre. Sheila de son prénom, me revient-il.

Je m'entends continuer à gémir :

– Elle est la dernière survivante du staff électoral de Morel. Je ne peux pas, au moins, l'appeler sur le téléphone de sa chambre ?

– Les patients en réa sont soignés sur des lits médicalisés mobiles, contre Sheila.

– Elle a peut-être gardé son portable ?

Même Touati commence à se lasser :

– Les téléphones portables interfèrent avec le monitoring. Ils sont interdits, intervient-il.

– Ou votre témoin est intubé et il ne peut pas parler, même au téléphone, ou il a quitté l'hôpital, m'achève sa collègue.

Plus de question, plus d'idée, plus d'énergie. Je suis au bout du rouleau.

Le personnel médical ferait-il ce métier s'il n'y était pas sensible ?

– Comment s'appelle votre patiente ? me rattrape Sheila, avec ce phrasé enroulant les consonnes que je dirais réunionnais ou malgache.

– Alexandra Schneider.

Pour la première fois, j'ai l'impression que mes mots portent. Après un échange visuel appuyé avec Touati, Sheila fait valser les touches de son clavier :

– Domiciliée à Saint-Pierre l'Étoile, quarante-deux ans, née à Leipzig, de nationalité allemande, enseignante-chercheuse à l'université Lyon 1 ? demande-t-elle.

– C'est elle.

Sheila se tourne vers Touati pour lui suggérer une mise au point à mon intention :

– Alexandra Schneider est morte cette nuit. J'ai signé son avis de décès en arrivant ce matin. Je suis navré, m'annonce-t-il.

C'est comme si je venais de perdre une vieille amie. J'essaye de reprendre une distance professionnelle mais je ne trouve pas la moindre procédure à quoi me raccrocher.

– Je peux la voir ? quémandé-je instinctivement.

– Non, désolé. Les Covid décédés sont mis en bière et incinérés sans délai, répond Touati.

C'est encore Sheila qui me repêche. Elle montre son écran au médecin et lui parle à l'oreille.

Leurs blouses blanches m'avaient l'air parfaitement nettes et repassées mais, quand je les vois maintenant l'une contre l'autre, il n'y a plus que celle de la fille qui l'est vraiment.

Signe que les chuchotements finissent à son avantage, c'est Sheila qui a le dernier mot. Le médecin opine de la tête et revient vers moi :

– Vous souhaitez reconnaître le corps d'un témoin dans le cadre d'une enquête pour l'état-major des armées. C'est bien ça ?

Pas du tout, je ne veux pas reconnaître, je veux connaître.

Le visage de Cheshire Cat de Touati extrapole une approbation de mon air buté ou, plus exactement, passe outre :

– Que ne le disiez-vous plus tôt ? Sheila va vous poser des points de suture et vous faire passer une tenue de protection. Vous pourrez ensuite signer une demande d'examen et accéder au corps.

Rien de tel que les ordres d'un personnel civil non autorisé pour mutiner le militaire :

– Passez-moi votre blouse et votre registre et lâchez-moi avec vos points de suture, grincé-je.

– Sheila sera docteur en chirurgie vasculaire le mois prochain. Lorsqu'elle vous aura recousue, vous vous scarifierez pour qu'elle recommence, s'obstine le docteur.

– Nous perdons du temps, m'obstiné-je également.

L'interne part dans les tours :

– Personne ne quitte mon service en sang. Vous ne partirez pas d'ici sans que je vous aie soignée.

J'entame le contournement du comptoir pour aller expliquer à la houri qu'on ne me parle pas sur ce ton en dessous de N+2. Heureusement, la sirène de mon alarme embarquée Stop-Déconnade carillonne dans ma boîte crânienne. Me rendant à ses raisons, je poursuis mon mouvement mais pour le finir devant Sheila en posture de soumission. Juste la moindre des choses estiment ses yeux de lionne, avant qu'elle ne descende de sa chaise à roulettes.

Je la suis une douzaine de mètres dans le couloir jusqu'à une porte sans poignée qu'elle ouvre avec un badge pendu à son cou.

Nous entrons dans un vestiaire meublé de bancs et de casiers dans le prolongement de deux cabines de douche et d'un W.-C.

– Déshabillez-vous, m'ordonne Sheila, pendant qu'elle ouvre une armoire de sécurité avec une clé sortie d'une poche de sa blouse.

Ça, je veux bien.

Et pas mécontente, en plus, de pouvoir essuyer l'humidité qui stagne sous mes sous-vêtements, avec une serviette pêchée sur une pile posée sur un banc. Mon grain de peau velouté mériterait un textile que l'abus de bains de javel n'a pas rendu abrasif. Une fois encore, ma force de caractère hors norme me le fait supporter stoïquement.

Sheila vient à moi avec une trousse de soins.

– Levez les bras, commande-t-elle.

Ma plastique féline, superficiellement endommagée, se fait inspecter de haut en bas par des palpations inspirantes bien que trop impeccablement professionnelles.

– Asseyez-vous.

La meuf s'accroupit devant moi pour désinfecter mes plaies aux coudes et aux genoux, puis se relève et me fait asseoir pour soigner une coupure dans le cuir chevelu qui m'avait échappé.

Touati a raison, se faire recoudre par elle est une expérience tantrique. Ça pique et ça caresse en même temps.

– Savez-vous que les malades qui demandent une prise en charge médicale spécifique portent une carte de soins et d'urgence ? me demande la future chirurgienne sans se distraire de son ouvrage.

– Je l'ignorais, pourquoi ?

– Hier, vous nous avez présenté des bilans sanguins. Avez-vous contrôlé les papiers de leur titulaire ?

– Non. Le doute porte sur sa santé, pas sur son identité.

Les yeux aux paupières généreusement peintes montent à la rencontre des miens pour me faire savoir qu'ils ne me voient pas souffrir que du corps :

– Enfilez ce qui se trouve dans ce casier, la chemise s'attache par-devant, et laissez-y vos affaires.

Je passe une blouse dans laquelle on tiendrait à trois, une charlotte ridicule, un masque canard qui me scie les oreilles, des gants en latex et une paire de chaussons.

Lorsque je me suis recouverte de tulle vaporeux même pas sexy, nous retournons à l'accueil. En fait, je suis en tenue de malade et pas de soignant. Je demanderais qu'il y soit remédié, si ne me tintait dans la tête un genre de corne de brume au timbre devenu familier ces derniers temps.

## 22 – PROFESSEUR SCHNEIDER

Sheila plaque son badge sur le récepteur d'une porte et me fait entrer :

– Je reviens vous chercher dans dix minutes. Si vous laissez la moindre trace derrière vous, je vous garde en quarantaine.

Sur ces encouragements, l'interne m'enferme.

La chambre mortuaire est une pièce aveugle entourant un brancard chromé sur lequel repose un sac en plastique argenté. J'essaye de me le représenter comme un duvet de camping, accueillant un dormeur plutôt qu'un linceul, mais le néon articulé penché dessus et l'évier derrière, avec son bac et sa douchette de poissonnerie, ne laissent pas rêver. Qu'est-ce que je suis venue foutre ici, en vrai ?

Si je commençais par les tiroirs muraux devant le coin buanderie ? Celui du haut est vide. Celui du milieu contient une paire de sandales et des vêtements de femme pliés dans une housse en plastique transparent. Celui du bas, une sacoche à bandoulière en nylon rouge, mi-sac à main, mi-sac de voyage.

Je vide la sacoche sur l'égouttoir en inox, en évitant de penser à ce qui peut bien y être rincé d'habitude. J'en extrais deux masques sanitaires chiffonnés, un paquet de mouchoirs en papier, un trousseau de clés attaché à un scoubidou, un petit agenda à spirale, un mug thermos au label d'une ONG, des bonbons sans sucre... Je mets de côté un portefeuille en daim format A5 ainsi qu'un téléphone mobile ordinaire, avant de refourrer le reste dans le cabas. Pas le temps d'un inventaire complet.

J'attaque le portefeuille par le porte-cartes double face, carte Visa, carte Oùra, transports en commun locaux apparemment, permis de conduire européen et cartes de fidélité à des enseignes de produits bio que je laisse en place. Les deux poches du fond sont bourrées de relevés de carte bancaire et de quelques billets de banque fripés. Sous une façade transparente, en vis-à-vis du porte-cartes, se trouve une carte d'identité, une carte de groupe sanguin, une carte d'une fédération de malades, une carte électorale...

Arrêt sur image.

Fédération de malades, ai-je bien vu ?

Carte d'urgence pour la drépanocytose, textuellement.

Est-ce que j'ai contrôlé les papiers de la personne diagnostiquée drépanocytaire par le premier bilan sanguin que je lui ai produit hier, vient de me demander Sheila. Après m'avoir affirmé que ce ne pouvait être qu'une femme. C'est ça le plan entre elle et Touati ? Me faire découvrir, sans enfreindre leur (p... de) secret médical, qu'il s'agit d'Alexandra Schneider ?

Il me reste six minutes pour trouver dans son téléphone ce que fait un de ses examens de santé dans le dossier de retraite d'un officier de l'armée de l'air.

Évidemment, l'appareil est éteint. J'essaye de l'activer d'une pression prolongée sur le bouton droit. La marque et le modèle s'affichent à l'écran. Au moins, il a été arrêté avant de se décharger totalement.

Code pin ? Quand j'ai acheté mon téléphone, j'ai conservé le code d'origine 1, 2, 3, 4, en me promettant de le changer plus tard. Ce que je n'ai pas fait. Ça marche, mais pour arriver sur un écran de reconnaissance faciale.

Retour à la case départ.

J'ouvre le sarcophage mortuaire. La tirette de la fermeture éclair me glace les doigts. Sûrement une illusion sensorielle, je sais. Vous connaissez l'accommodation neuronale, si on va par-là ? C'est la capacité d'un sens à augmenter son seuil de perception face à une stimulation continue. Essayez avec l'odeur de vomi refroidi de la mort en milieu hospitalier, ça ne marche pas. On la sent encore même quand on ne la sent plus.

Ma répulsion contenue, j'admire un beau visage studieux qui, malgré un épiderme cireux, rayonne encore de bienveillance. Le monde est mal fait.

Surtout que la cellule photographique du téléphone que je tiens au-dessus du front d'Alexandra Schneider ne réagit pas.

Je veux croire un instant qu'elle bugue à cause d'un teint cadavérique mais je sais très bien pourquoi ça matche pas.

Les yeux fermés.

C'est bien ça. Ne me demandez pas comment je le vérifie.

Maintenant, revenons au téléphone et essayons de nous montrer pro.

Des textos entre Alexandra Schneider et Gérald Morel ? Il n'y en a pas.

Des appels de l'un à l'autre dans l'historique téléphonique, baptisé « Récents » sur Android ? Le 26 mars 2020, soir de la mort de Morel, Alexandra Schneider téléphone à Gérald Morel à 21 h 05, Élise Morel téléphone à Alexandra Schneider à 21 h 31, Alexandra Schneider téléphone à Gérald Morel à 21 h 49. Je capture l'image des trois dernières lignes de la liste à l'écran et je me la partage sur ma messagerie.

Oui, j'ai de la connexion, trois barres.

Des messages vocaux ? Le seul mémorisé vient de la mère d'Alexandra. Il commence par un « Das ist Maâma » légèrement plaintif. Je coupe.

La messagerie ? Je démarre l'appli. Identifiant et mot de passe pré-enregistrés, merci. Je tape Morel dans la loupe. Cinq mails entrent alexandra.schneider@univ.lyon2.fr et gérald.morel@defense.gouv.fr apparaissent. Le plus ancien date du 9 octobre 2019. Je l'ouvre. Selon un scrolling en diagonale, il s'agit d'échanges préparant la visite du Mont-Rolland par un groupe d'étudiants de prof Schneider. Le ton est formel, sans privauté, ni projet de meurtre, comme pour les suivants que je survole. Seul le dernier message d'Alexandra semble sortir de l'ordinaire, avec une embrouille de PC volé à un étudiant, puis retrouvé par la police qui refuse de le rendre. Je me transfère le tout pour décryptage ultérieur et je plie car mon délai est écoulé.

Je referme les yeux d'Alexandra. Dans ce sens-là, c'est moins flippant. Je tire la fermeture éclair du suaire en forme de sac-poubelle et je replace les effets personnels de son occupante tels que je les ai trouvés dans le tiroir.

Quand Sheila ouvre la porte, je me tiens dans un semblant de garde-à-vous au pied du brancard. Elle balaye la pièce de son regard fardé sans s'arrêter sur moi plus longtemps que sur les autres meubles. Apparemment j'ai bon puisqu'elle s'en retourne vers sa guérite sans réprimande. Je ne lui demande pas si les traces, que je devais éviter, concernent aussi l'espace numérique de sa patiente.

***

– Jetez vos protections dans la corbeille et prenez une douche. Vos pansements sont étanches mais ne frottez pas dessus. Vous les enlèverez demain soir. Les points sur votre genou sont résorbables. Vous remettrez ensuite votre masque et ne circulerez plus jamais sans lui dans l'hôpital.

De retour dans le vestiaire, je me refous à poil devant l'interne pour qui je dois me résigner à n'être qu'objet de soins.

– Est-ce que la drépanocytose est contagieuse ? lui demandé-je.

– Absolument pas. C'est une anomalie génétique de l'hémoglobine qui ne se transmet que par voie héréditaire... Vous voulez savoir quelle est la probabilité pour qu'un couple découvre en souffrir simultanément ?

– Comme Morel et Schneider, vous voulez dire ?

– Je veux dire comme n'importe qui.

J'ai l'impression que je pourrais revoir cette fille cent fois et que ça serait toujours la première fois.

– Et donc pour n'importe qui ?

– Une chance sur deux mille cinq cent.

– Et pour que Morel ait usurpé les analyses de Schneider ?

La mimique d'exaspération de Sheila déborde de son masque.

– Quand Alexandra Schneider a-t-elle été hospitalisée ? Ça, au moins, vous pouvez me le dire sans enfreindre le secret médical... Non ? tenté-je.

Ça va pas être possible non plus.

– Signez le registre, m'ordonne Sheila.

Si je lui passais la main dans le dos, ça ferait des étincelles tellement je l'énerve.

Je signe.

– Je vous raccompagne.

Je la suis jusqu'à la porte d'abri antiatomique de l'entrée, qu'elle ouvre avec son badge. Au lieu du coup de pied au cul que je m'attends à recevoir, pour m'aider à franchir le seuil, elle m'accompagne de l'autre côté et se plante devant moi dans le couloir :

– La prochaine fois... commence-t-elle.

– Je sais, je m’annoncerai aux urgences, complété-je. À mauvais escient.

– Vous vous présenterez aux urgences médico-judiciaires sur rendez-vous et munie de la réquisition judiciaire d’un magistrat. Ce document autorisera le médecin que vous interrogerez à déroger au secret médical, s’il le souhaite.

– Désolée mais les formalités ne sont pas mon fort.

– Qu’est-ce que vous lisez ici ?

Ce qui m’est indiqué d’un menton volontaire, que je ne verrai probablement jamais à l’air libre, est le panonceau vissé au-dessus de la porte :

– Unité de médecine légale ?

– C’est ça, légale. Si vous tenez la loi pour une formalité, changez de métier. Au revoir lieutenant.

## 23 – LE PRÊTRE

Où est-ce que je vais pouvoir manger quelque chose ? Il est 14 heures. Ça fait plus de sept heures que je me baigne dans de l'eau froide et que je cours dans tous les sens, avec les trois petits-beurre sous cellophane de mon petit-dèj' low cost dans l'estomac.

Et tout ça pour quoi ?

La présomption d'une substitution de bilans sanguins et, pour l'expliquer, des messages échangés entre leurs titulaires, décédés depuis, que j'ai transférés sur mon téléphone, que je m'en vais essayer de retrouver au fond d'une rivière.

Le retour en train aux Ombreuses n'en finit pas avec, en plus à ces heures creuses, la perte de temps d'au moins un arrêt sur deux pour rien. Peuvent pas y mettre une sonnette, comme dans n'importe quel bus, à leur tram-train ?

Je passe la gare des Ombreuses. En fait, avec un banc et un distributeur de tickets sur un bout de quai, plus un abribus qu'une gare.

Je passe le bled, mort de chez mort. Pas si moche, pour être honnête, bien qu'à mon avis d'un attrait devant tout à un environnement verdoyant de basse montagne. Je reprends la départementale et ses coteaux de vignes, ses pâturages et ses cerisiers même pas mûrs. Pas moche non plus mais ras-le-bol.

Quand je reconnais l'endroit où j'ai franchi le mur entre la route et la rivière, je réalise que je cours comme une somnambule depuis une demi-heure.

Ma méthode d'investigation, bien sûr que j'en ai une, consiste à reproduire mes mouvements, à partir du moment où le 4x4 m'est arrivé dessus, et retracer le vol plané de mon sac à dos.

Je prends mon élan pour rééditer mon franchissement du mur, convoquant la trouille qui m'a donné des ailes au premier essai.

Au troisième pas, au lieu de m'affranchir de la gravité avec ma légèreté elfique coutumière, je relâche l'appui de mon pied d'appel et pars m'aplatir contre le mur. En périphérie de mon champ de vision, mon iris bionique a photographié une anomalie. Que fait un catadioptre de signalisation en plastique fluorescent dans une plante grimpante ? Non que le bas-côté soit exempt de détritus, bien au contraire. Marqueur de la voirie française, il n'y a pas un mètre du bord de route sans canettes, bouteilles en plastique ou paquets de cigarettes. Un réflecteur jaune canari en forme d'ourson, par contre, ça ne peut être que le fermoir de mon sac à dos.

Pendu par une sangle à une branche du lierre qui déjointe les pierres de la paroi derrière un massif d'orties, c'est bien mon sac qui m'attend. J'aurais cru qu'il m'aurait suivi, ou précédé, sur la berge de la rivière mais l'échappement du fourgon, qui me l'a arraché des épaules, a dû en décider autrement. J'essaye de l'extirper des griffes de la broussaille sans trop me frotter aux orties.

Ça y est. Premier champ à renseigner d'une croix dans la colonne crédit du bilan de cette journée pourrie. Encore faut-il que le contenu ait résisté au choc, tempéré-je aussitôt. Avec plus qu'une bretelle et sa poche extérieure en lambeaux, c'est pas gagné.

L'inquiétude pour mon iPhone, à qui je voue une affection niaise je le reconnais, m'en fait oublier de dégager la route déserte et, à ma décharge, dépourvue de tout accotement.

Mon joujou chéri est mort. Touches inactives malgré des pressions implorantes et écran défoncé, probablement par le chien de mon Sig Sauer. Lui repose toujours dans son holster, apparemment intact. Je le vérifie à son tour. Approvisionné et en état de marche. Pas de problème non plus pour mon portefeuille scratch de trekking et le trousseau de clés USB auquel il est accroché par une manille chromée. C'est presque dommage qu'il ne soit pas parti à la flotte, pour m'assurer de son étanchéité encensée par une litanie d'avis positifs sur son site de vente en ligne. Pour finir l'inventaire, pas de miracle avec mes lunettes de soleil balistiques antibuée. Leur étui rigide s'est ouvert comme une huître, laissant une moitié de monture et son verre incassable en polycarbonate dans chaque logement. Dommage, elles me donnaient un look cyberpunk contraire à ma nature accorte mais qui le faisait bien pour pécho dans les bars à meufs.

Dois-je m'étonner que les occupants du 4x4 ne se soient pas emparés de mon sac ? Peut-être n'ont-ils simplement pas remarqué que leur pot de toit me l'avait arraché. Ça n'empêche, n'ayant rien pu voir justement, qu'ils ont dû faire marche arrière pour s'assurer qu'ils m'avaient bien écrasée. Pour autant, même comme ça, ils ont pu rater le sac puisque je ne l'ai repéré, moi-même, que par un reflet d'aspect familier.

Ou alors c'est un piège. Ils ont trouvé le sac. Ils ont découvert qu'il contenait mon matériel de travail. Ils savent que je vais revenir le chercher. Ils m'attendent pour finir le job.

Voilà ce que je me conjecture au milieu de la chaussée, en plein soleil, quand une voiture jaillit du virage.

C'était bien une embuscade, en conçois-je précipitamment.

Sauf que là, je n'ai pas à aller chercher mon flingue au fond d'un sac à dos dans mon dos puisque je l'ai à la main.

Je braque la bagnole dans la posture de sommation réglementaire. En réalité, dans la fulgurance de mes réflexes transhumains, c'est fait avant le premier mot de la phrase précédente.

Problème dans le problème, le beau soleil de printemps, qui me réchauffait jusque-là, m'aveugle maintenant dans le pare-brise du véhicule tandis qu'un bruit croissant de moteur en surchauffe me somme de presser la détente.

Tirer pour sauver ma peau, je n'ai rien contre mais ça serait pour tirer sur quoi ? Moteur, pneus, conducteur ?

Comment c'est possible, je n'en sais rien mais je trouve le temps d'une pensée, je ne dis pas d'un conseil, pour mes collègues qui se font charger par des chauffards lors de contrôles routiers.

Un grincement de freins strident augmente encore le vacarme.

Et puis ce sont des pneus qui crissent horriblement.

Mon processeur hypersonique me commande de plonger dans les orties. Entre parenthèses, c'est de l'*Urtica dioica* dite commune qui, comme son nom l'indique, pique salement.

La voiture me dépasse de toute sa longueur avant de se souder au bitume sur ses quatre roues fumantes.

Faut pas avoir une case en moins pour me foncer dessus, me rater et s'arrêter devant moi ?

Je jaillis du buisson et mets en joue la portière passager d'une Logan grise en bout de course. À ma soif de violences policières, s'ajoute l'impatience de connaître le schlague qui veut jouer à GTA grandeur nature avec ce tas de boue.

Eh bien zéro pour la question une fois de plus. Et, surtout, merci Petit Jésus de m'avoir retenue d'ouvrir le feu, serait-ce pour un coup de semonce.

La portière du tacot s'ouvre dans un craquement de tôles disjointes. Une chaussette en laine pelucheuse dans une sandale de bénédictin atterrit sur le sol. Suivent une canne en bois, un autre pied pareillement chaussé puis, péniblement, un vieillard chenu en soutane.

– Dieu soit loué, vous n'êtes pas blessée, se réjouit-il d'une voix vive quand il a fini de s'extirper de sa ferraille.

Un curé boiteux et, en plus, compatissant. L'opposé du sac de frappe qu'il me faut.

– Vous savez que vous devez rester maître de votre véhicule en toutes circonstances, grogné-je.

Pas plus intimidé par moi que par mon arme, le prêtre vient à moi en claudiquant :

– Vous avez raison, ma fille, je vous demande pardon... Montez vite avec moi ou nous allons provoquer un accident, m'invite-t-il.

– Où allez-vous ?

– À la mairie de Saint-Pierre l'Étoile mais, avant, je peux vous déposer à l'hôpital du Val d'Ouest. C'est le centre de soins le plus proche.

Qu'est-ce qu'ils ont tous à vouloir me soigner ?

– Saint-Pierre l'Étoile me va très bien. Je n'ai pas besoin d'aller à l'hôpital.

– Vous en avez besoin, ma fille, faites-moi confiance.

Que voit mon bon père dans ses doubles foyers de bathyscaphe pour être aussi catégorique ? Une meuf noire hirsute dans un jogging lacéré avec un pansement au genou taché de rouge, un coude, accessoirement prolongé d'un flingue, entouré d'un bandage déchiré et les mollets lacérés. Touche finale au tableau, un goût salé sur la langue me signale qu'une ronce m'a également mis la bouche en sang.

– Vous voyez bien que j'ai déjà été soignée, tenté-je de relativiser.

– Par un psychiatre ?

Je pourrais mal le prendre, mais non :

– Ce matin, une voiture a essayé de m'écraser ici même. Je suis revenue récupérer le sac que j'ai perdu en m'échappant. Quand je vous ai entendu arriver, je me suis crue attaquée. J'ai eu tort, mes excuses, mais je ne suis pas folle.

– Bien sûr que vous n'êtes pas folle, seulement désorientée. Comme beaucoup. Depuis que nos lieux de culte ont rouvert, vous n'avez pas idée de la détresse qu'on y entend. Savez-vous que Dieu peut vous aider ?

S'il y a quelque chose qu'a compris ce prêtre qui ne comprend rien, c'est que je n'ai jamais été aussi près du pétage de plombs.

Changer d'angle :

– Vous avez un téléphone ?

– Au presbytère de Saint-Germain d'Azergues bien sûr, mais...

– Je veux dire un téléphone portable ?

– Grand Dieu non, mais vous en trouverez sûrement un auprès de vos collègues, au poste de police du Val d'Ouest... Venez, m'invite le prêtre en me tirant gentiment par le bras.

Changer d'angle et de ton :

– Je suis lieutenant de gendarmerie en service pour l'état-major des armées. Je vous ordonne de m'emmener à Saint-Pierre l'Étoile.

Gros bide :

– Pardonnez-moi, mais introduire dans ma paroisse une femme hystérique, armée d'un pistolet, ne serait pas chrétien. Surtout en ce moment.

La connotation sexiste de la pathologie invoquée, si, parfaitement claire, m'ôte mes derniers scrupules :

– Vous m'obligez à réquisitionner votre véhicule… Montez à droite, si ne voulez pas que je vous laisse ici.

Sans attendre de réponse, j'esquive le prêtre pour aller prendre le volant de sa voiture. Dans la manœuvre, je largue au fond de mon sac le Sig-Sauer dont je me sens embarrassée pour la première fois de ma vie.

L'homme en noir fait le tour de sa bagnole en clopinant jusqu'à la place passager. Sauf qu'à peine assis, il me feinte à son tour en m'arrachant le sac que je m'étais posé sur les genoux, le temps d'attacher ma ceinture. Il se le plaque sur le ventre de ses bras croisés dans le même mouvement et se statufie.

L'interphone fixé à côté de la sirène anti-déconnade, dans le kit crânien dont le bon Dieu équipe ses sujets d'élite, me fait m'entendre expliquer à mon chef comment j'en suis venue aux mains avec un ecclésiastique octogénaire. Je lâche l'affaire. Provisoirement.

La boîte ayant calé en troisième, je remets le levier de vitesses au point mort. Je tourne la clé, toujours sur le contact, et prends la route dans une plainte de mécanique en souffrance.

Le prêtre profite de ce que je doive manœuvrer de mes deux mains un volant à direction non assistée, pour s'attacher et s'accrocher à mon sac comme le corbeau à son fromage.

D'ailleurs, est-ce qu'il connaît la fable de La Fontaine ? Évidemment. Mais la saison 2 ?

Maître Renard, par l'odeur alléché, lui tint à peu près ce langage :

– Vous êtes le prêtre de Saint-Pierre l'Étoile ?

– Et des trois autres paroisses de la circonscription… Vous connaissez les déserts médicaux, apprenez qu'il en existe aussi de religieux… Croirez-vous que j'aie dû accepter que ma première messe, après le confinement, soit retransmise par des téléphones portables ?

– Cela augmente votre audience. Où est le problème ?

Le prêtre tourne la tête vers moi pour voir si je ne le cherche pas. Ce qui est effectivement ma démarche. Si j'arrive à le fâcher, peut-être va-t-il s'agiter et libérer mon sac.

– De quelle audience parlez-vous ? Dieu ne se télécharge pas, s'indigne-t-il.

– N'est-ce pas plutôt le sempiternel refus du progrès scientifique par l'Église, depuis que Galilée a montré que la Terre tourne autour du Soleil ?

Mon père frémit de ma mauvaise foi mais ne distend pas sa prise d'un millibar :

– La matière ne progresse pas, elle se transforme, c'est la science que vous invoquez qui l'a établi. Ici-bas, seul l'esprit peut progresser et seulement dans l'amour de Dieu et de ses semblables. Le numérique est l'âme damnée du matérialisme, virtuelle et aucunement spirituelle.

À débattre, indubitablement, mais en d'autres circonstances.

Mes questions de flic maintenant :

– Pourquoi avez-vous dit « surtout en ce moment » à propos de Saint-Pierre l'Étoile ?

– Parce que le malheur s'y acharne.

– Sous quelles formes ?

– Les mêmes qu'ailleurs. Convoitise, rancune, bêtise. Des morts qui se succèdent en plus… Pensez que je suis attendu par la maire de Saint-Pierre pour quatre funérailles.

Ce nouveau sujet recroquevillant encore plus mon passager sur mon bien, je me dis qu'il faut en changer. En même temps, c'est moi que ça commence à intéresser :

– C'est inhabituel ?

– Mais d'où sortez-vous ma fille ? C'est la moitié de la mortalité annuelle du village en deux jours.

– Quelles en sont les causes ?

– Deux meurtres. À l'arbalète, vous imaginez ? Un cas de Covid cette nuit à l'hôpital et l'infarctus, ce matin, d'un artisan du village. Aucun en âge d'être rappelé par Dieu.

Je retiens un soupir de soulagement. Navrée pour cet artisan mais enfin un mort qui ne me doit rien.

– Par qui alors ? persiflé-je platement.

– Puisque la situation vous amuse, sans doute vous réjouirez-vous de savoir que le calvaire des victimes perdure au-delà de leur trépas, puisqu'il n'y a plus une tombe disponible au cimetière de Saint-Pierre l'Étoile. La faute à un mausolée hideux qui encombre un quart de sa surface.

C'est la troisième fois que j'entends vitupérer le caveau des Morel. Je devrais le prendre pour une notification du destin mais le destin, à cet instant, je préfère m'en moquer, au point que le bon père commence à me trouver plus bête que méchante.

– Qu'allez-vous faire des corps, du coup ? demandé-je plus prudemment.

– Il n'y a pas d'autre option que le crématorium de Chantôme... Chaque cercueil défilera sur un caddy automatique piloté par un logiciel, dérivé de l'ingénierie aéroportuaire paraît-il, entre le funérarium, la chapelle et le four incinérateur. Moi-même, les proches et notre assistant funéraire bac + 5, aurons préparé la cérémonie sur son ordinateur. Choix d'une ambiance scénographiée, sélection des photos du défunt projetées sur l'écran embarqué de sa navette, diffusion de sa musique préférée, sa playlist si vous préférez, oraisons préenregistrées des amis et, au passage, une messe de requiem. Merci à moi de faire court. Prudence à tous lors des croisements de cortèges. Ne pas oublier de faire liker la vidéo de l'événement à vos amis...

Saint-Pierre l'Étoile se reconnaît à sa couronne forestière qui coiffe, comme dit sans rire Marina, son hypercentre.

Un essoufflement absurde m'indique que je me suis restressée. Ce doit être mon subconscient qui me rappelle que ce bourg tarte et inanimé n'en est pas moins territoire ennemi.

Le parking qui occupe la place du village est blindé. Autre principe de l'urbanisme hexagonal, l'espace public livré sans partage à la voiture.

– Entrez dans le parking. J'ai une place handicapé devant l'église, me conseille le curé, alors que je m'apprêtais à aller chercher plus loin.

Je passe sous le portique de limitation de gabarit. Je tourne à droite devant un panneau zone bleue, une heure trente au disque pour ses courses, comme s'il y avait d'autres magasins que la pharmacie pour faire du shopping. Je longe des véhicules garés en bataille, dans une allée bordée de platanes aux têtes de chat mal cicatrisées d'un élagage annuel de boucher. Et pour finir j'entre, en effet, dans le dernier créneau disponible marqué au sol du picto PMR, devant le transept de l'église.

– Voulez-vous vous confesser ? me demande le prêtre à brûle-pourpoint.

– Pourquoi ? m'étonné-je de voir mon salut toujours jouable après un car-jacking caractérisé à l'encontre d'un homme d'Église.

– Pour vous apaiser et récupérer votre sac.

Moralement, cet homme et moi sommes tout proches mais dans des mondes parallèles.

– Ça n'est pas possible. Je ne suis pas baptisée. Mon père adoptif m'a élevée dans la foi protestante où je ne l'ai pas suivi. Si mes parents biologiques avaient pu me garder, ça aurait été probablement la même chose avec l'islam.

– Dieu ne connaît ni sacrement, ni biologie. Il ne compte que l'amour que vos parents vous ont donné, pour le leur rendre au centuple. C'est à vous maintenant de donner le vôtre.

Après tout, s'il n'y a que ça pour récupérer mon barda :

– Bénissez-moi, mon Père, parce que j'ai péché. J'ai perturbé délibérément un témoin, hors de toute procédure légale. J'espérais obtenir un indice dans mon enquête. Je ne me suis pas souciée des conséquences ni pour lui, ni pour ses proches. Ses obsèques, que vous allez célébrer, en résultent. J'ai son sang sur les mains, pour rien.

Les yeux écarquillés derrière les gros carreaux montrent que ma tirade a fait mouche. Aucun talent là-dedans, c'est juste que je l'ai achevée la voix cassée.

Nous nous tournons de concert vers le pare-brise qui commence à s'embuer et attendons un long moment que Dieu arbitre.

Et puis mon sac atterrit sur mes cuisses :

– Allez dans la paix du Christ, m'absout le prêtre.

## 24 – NICO

Mon programme, manger et trouver un smartphone pour étudier les mails et relevés d'appels piratés sur le téléphone d'Alexandra Schneider. Dans cet ordre.

Il est trop tôt pour m'inviter chez Marina et impossible d'attendre ce soir, en tout cas pas pour un repas. Il me reste le bistrot où je devrais pouvoir me faire servir un sandwich, et prêter un téléphone, l'appareil entre les bouteilles par exemple.

Je traverse la place avec mon sac en bandoulière. Ça fait touriste mais, avec juste une sangle qui ferme, je peux pas faire mieux.

Une météo d'été a mis la clientèle du Chouette bar en terrasse. Les trois clients de la veille en habits de gentleman-farmer de chez Décathlon, chasseurs désœuvrés d'après le patron, occupent une table rectangulaire devant la vitrine. Ça vapote à gros nuages devant un pichet de blanc, tout en m'observant de biais arriver sur le terre-plein. L'autre des deux grandes tables extérieures accueille une grappe de jeunes en baskets et survêtements. À genoux sur leurs chaises, capuches contre capuches, ils survolent une planète de smartphones, boissons énergisantes et sachets de tabac à rouler. Sur l'un des guéridons disposés sur les extérieurs, la quadra d'hier télétravaille, son téléphone coincé à l'épaule devant son PC ouvert. Sur l'autre, côté chasseurs, deux mamies sirotent un thé côte à côte. Seules à me calculer ouvertement, elles me gratifient de mines réprobatrices. Le style concours de tee-shirt mouillés, que me valent des fringues m'ayant séché dessus, ne doit pas leur seoir. Avec mon écusson de la gendarmerie sur la poitrine, peut-être se demandent-elles si je ne suis pas le cadeau d'un enterrement de vie de garçon. Ou c'est mon teint dont elles ne raffolent pas. Mais je n'y crois pas trop. Le racisme est une restriction à la détestation universelle de son prochain. On l'incrimine souvent à tort.

Preuve que je ne suis que tolérance, j'entre dans le troquet sans tirer sur personne.

Le local reste crapoteux, sa déco ringarde et son blues-rock trop fort. Seule évolution apparente, la langue tirée des Rolling Stones a remplacé le hara-kiri du guitariste d'AC/DC sur le tee-shirt pas net du taulier. Celui-ci bavarde avec deux Maghrébins en gilets fluos, des ouvriers à la pause-café d'un chantier du coin probablement. Dès que j'ai lâché la porte, il se décale de ses deux clients et se penche sur son bar, afin de me mater sur pieds d'un regard qui me fait l'effet d'une main de cadavre dans ma culotte.

– Qu'est-ce que je vous sers, lieutenant ? demande-t-il.

– Vous pouvez me faire quelque chose à manger ?

– Même pas en rêve. Les femmes, je les fais boire, pas manger.

La tannée que je vis depuis ce matin doit se lire suffisamment sur ma face, habituellement radieuse, pour signifier au comique troupier une indisposition critique à l'humour gras. Il rembraye avant que j'aie choisi entre le dérouiller et lui coller une balle dans un genou :

– Je peux vous faire un club sandwich, si vous voulez. Fromage et jambon entre deux tranches de pain de mie grillées. C'est tout ce que j'ai au frigo. Normalement, c'est pour ma gueule mais, pour vous, je fais le trépied sans les mains... P... Non mais il est pas beau lui ?

Un vrombissement d'Airbus en bout de piste a envahi la taule. Quelqu'un a décidé que je ne mangerai pas aujourd'hui. Je me retourne vers la devanture pour voir qui joue ainsi avec sa vie.

Devant les tables de la terrasse, un énorme 4X4 fait trembler les vitres à coups d'accélérateur sous les piaillements des deux vieilles. Pour ce que j'en distingue à travers les rideaux humides, ça pourrait correspondre à ma voiture-bélier du matin. Même gabarit avec la même garde au sol, même bruit de diesel surcompressé, même pare-buffle surdimensionné, même pot d'échappement au toit. Même robe de boue.

– Je vais virer ce connard, clame virilement le patron.

– Vous ne bougez pas, c'est mon job, le devancé-je en m'arrachant du zinc.

Mal réfléchi à nouveau.

Je ne suis pas encore parvenue à la porte que l'engin passe la première et démarre à donf. Le pilote a dû voir venir à lui, à travers la vitrine, une silhouette d'un bleu annonciateur de rappel à la loi.

Je me lance à sa poursuite dans un nuage de sable.

Les chasseurs s'esclaffent à mon passage. Ils ont raison, j'ai trop de retard. Le 4X4 a déjà sauté les trois marches versant dans la grand-rue et tourné dedans en faisant crisser des pneus pas taillés pour l'asphalte.

Au moins noter son immatriculation. Si la boue ne la masque pas. Même pas. Quand j'arrive au coin de la place, l'engin a déjà couvert plus de cinquante mètres.

Je continue sur ma lancée. Tant qu'à faire.

On ne sait jamais. À la campagne en principe, on doit toujours pouvoir se faire bloquer par un tracteur ou un troupeau de vaches. Je sais, on n'est pas à la campagne. On est, comme le préconisait Alphonse Allais, dans une ville à la campagne.

À part ça, je peux peut-être encore voir la direction prise par le véhicule au carrefour. Dans ce cas, peut-être des caméras de surveillance routière, à Saint-Pierre, bien que je n'en aie pas remarqué, ou dans les villages limitrophes, pourront-elles prendre le relais ?

En fait, tout ce que je suis en train de me raconter n'est que subterfuge pour continuer à gesticuler plutôt que de réveiller mon herpès labial avec des questions comme : pourquoi est-ce que je cours devant un 4X4 le matin et derrière l'après-midi ?

Quand j'arrive au croisement, pas une bagnole en vue, ni vers Lyon, ni vers Roanne, ni vers nulle part.

De l'autre côté du rond-point, on sort du village. Il n'y a plus que le Centre technique routier de la communauté de communes Beaujolais Mont-Rolland, c'est écrit dessus, apparemment fermé.

Je traverse la quatre-voies déserte pour aller contrôler le site. Le portail est bien verrouillé et l'enclos désert.

Le 4X4 a roulé plus vite que je pensais. Ou quitté la nationale pour une route secondaire ou une aire d'arrêt. Ou pris carrément à travers champs.

Game over.

Je change mon sac d'épaule. À force de me battre la hanche à chaque foulée, il a dû me faire un bleu sous mon polo. Si, ça se voit sur le noir.

Au pied du grillage galvanisé ceinturant le hangar, un talus couvert d'une pelouse tondue m'invite à m'asseoir. J'accepte. C'est pas le paysage dont je rêverais pour me ressourcer, si je rêvais de paysages. Le carrefour à quatre entrées entoure un rond-point coiffé d'un plant de fleurs bariolées, décoratif en même temps qu'élément de sécurité routière. Pas vraiment inspirant non plus, la nationale aux accotements parsemés de détritus, sous un réseau de lampadaires de stade de foot. La sécurité toujours. À quelques mètres à ma droite, un chemin de terre prolonge l'allée goudronnée desservant le porche du centre technique... C'est bizarre, pourquoi en interdire l'accès par un panneau rouge « Défense d'entrée propriété privée », alors qu'il part dans une colline de broussailles sans l'ombre d'une construction ?

Il faut que je me lève pour aller voir ?

Pour aller voir sur le sol si n'y sont pas imprimées des traces de roulage ?

Par des pneus larges aux sculptures profondes ?

Y en a.

Plein.

Des empreintes de pneus tout-terrain tapissent l'intégralité de la piste. C'est pas un 4X4 qui est passé par là, mais un convoi.

Ingrid ne m'a-t-elle pas parlé d'une ancienne carrière transformée en circuit de course ? Maintenant que mes yeux, d'un vert émeraude limpide en même temps que d'une acuité surnaturelle, s'y focalisent, je distingue au loin les nacelles d'un téléphérique minier suspendu dans une brèche crayeuse coupant le flanc de la vallée.

Les affaires reprennent.

Et moi, je reprends ma course. Ce soir, au pire, je relèverai la distance et le dénivelé parcourus aujourd'hui sur le podomètre de ma montre, et j'en instruirai mon rapport.

Après seize minutes de trail sur une pente caillouteuse, je franchis le col vu du rond-point pour déboucher au-dessus d'une cuvette de calcaire où une dizaine de 4X4 se tirent la bourre. À première vue, il n'y a pas d'autre accès à la carrière hormis celui, impraticable, du carrousel de bennes rouillées qui enjambe le flanc opposé. Ça veut dire que mon client est en piste. Le problème est que rien ne le distingue de ses concurrents. Le franchissement à grandes gerbes d'une mare de boue, alimentée par un tuyau annelé tiré d'une casemate en béton dans le fond du cirque, uniformise les véhicules. D'où, du coup, tuba pour tout le monde.

La descente dans la cuvette m'ouvre la vue sur ses versants. C'est ainsi que m'apparaît un véhicule stationné sur un promontoire à l'aplomb du circuit. Tout-terrain mais d'un gabarit plus modeste que les gros fourgons carrés qui bourdonnent en contrebas, l'engin, de marque Jeep Cherokee signalée par un monogramme latéral pour malvoyants, abrite sous son hayon ouvert un couple semblant superviser la course devant une table de camping.

On va dire que c'est l'accueil.

Après une fourche sur la piste principale, un chemin en dévers permet d'y accéder. Je le dévale en trottinant afin de m'annoncer sur un petit effet de stress.

Peine perdue. Aucun des deux commissaires de course ne me voit arriver, occupés qu'ils sont, la femme à noter dans un cahier d'écolier des chronos qu'elle relève sur un téléphone et le barbu à côté, à s'égosiller dans le micro d'un poste CB mobile. La glacière format famille nombreuse, posée dans le coffre de la voiture, et les cadavres de canettes de bière balancés autour montrent que le stand assure aussi le ravitaillement. Pas d'autre choix que de m'insérer dans leur champ de vision, mains écartées sur la table branlante. Ceci fait, ma plastique séraphique reçoit enfin l'attention qu'elle mérite :

– Propriété privée, beugle la femme, une rousse couperosée, boudinée dans une laine polaire verdâtre.

Son voisin passe ses écouteurs par-dessus sa casquette caban de marin-pêcheur, pour les descendre sur le col de la vareuse d'officier de cavalerie d'après-guerre qui lui est burlesquement appareillée.

– On peut vous renseigner ? reformule-t-il plus civilement, au bénéfice d'une alcoolémie, à première vue un peu moindre, lui permettant d'associer mon blason à l'autorité publique.

– Oui, merci. Je voudrais que vous m'indiquiez le dernier véhicule entré sur la piste.

– Qu'est-ce que vous lui voulez ? demande le type.

– Lui poser des questions.

– Quelles questions ? demande la femme.

Premier palier de décompression. J'inspire à fond en poussant sur le diaphragme puis j'expire en tirant sur le muscle transverse, comme si je voulais faire remonter mon anus dans mon estomac. J'invente pas.

– Des questions qu'il vaut mieux, pour vous, que ce soit à lui que je les pose.

Alambiqués et inélégants, le syllogisme allitératif et son subjonctif font néanmoins leur chemin :

– Z'avez un mandat ?

Une commission rogatoire, abruti.

– Non pourquoi ?

– Propriété privée, éructe à nouveau la cagole dans un souffle chargé.

– Z'êtes sur le terrain d'une asso, précise capitaine Haddock.

– Dont qu'on est le bureau exécutif, complète l'autre.

En rêve, je vois la table s'envoler et deux claques voleter dans l'air printanier. Deuxième palier : respiration en trois étapes en même temps que, normalement déconseillée dans le travail de méditation, réflexion.

L'inspiration jaillit aussitôt. Je suis comme ça.

J'extrais brusquement mon téléphone de mon sac comme s'il s'était mis à vibrer. Et comme s'il fonctionnait encore, effectivement. Je me tourne vers la carrière, où se poursuit le rodéo, dans la posture de recherche de confidentialité.

Sauf que le vacarme m'oblige à crier. Pour être entendue des deux autres, c'est cela même.

– Oui mon commandant, je suis sur place... où c'est marqué chemin privé, tout à fait... Oui, j'ai vérifié, c'est du domaine public... Le prévenu tourne sur la piste avec ses collègues... Pas moyen de l'alpaguer, même pas de l'identifier... Oui, y en a deux, genre superviseurs... Non, ils me prennent pour une conne... On les contrôle tous ? La totale ? À vos ordres, je vous attends... Mon commandant, si vous permettez, oubliez pas les éthylomètres, je crois qu'il y a de quoi faire.

Je me retourne vers le bureau exécutif des diésélistes :

– Je ne vous dérange pas plus longtemps, tout va s'arranger, les rassuré-je.

Le président semble dégriser :

– On fait rien de mal. La privatisation de la carrière, en fait, c'est contre les manouches. Un jour ou l'autre, ils vont y débarquer sans prévenir. Quand ils se sont branchés sur l'armoire électrique et le conduit d'eau et qu'ils ont enroché le chemin à l'entrée du passage, c'est mort pour les déloger. Allez demander aux habitants du village, qu'ont eu leurs baraques visitées la dernière fois qu'ils y ont squatté, s'ils préfèrent pas que c'est nous à la place.

Contenant mon émoi devant tant d'abnégation, je refourre mon téléphone dans les lambeaux de mon sac, face étoilée vers moi.

L'autre reprend son boniment :

– Même la mairie est d'accord. Ils nous bougent le panneau de temps en temps pour la forme mais, en fait, ils savent qu'on rend service.

– Sauf que maintenant à la mairie, y a le KGB, objecte la femme énigmatiquement.

– Laisse tomber Béa, c'est pas le sujet, élude l'autre.

Je creuserais volontiers mais ça me sortirait de mon script.

Je tourne les talons, direction la brèche où je dois aller attendre mes renforts. Imaginaires, en effet.

– Y a pas moyen de s'arranger ? quémande encore la voix graillonnante du mâle de la dream team, maintenant derrière moi.

Je me retourne :

– Je vous ai posé une question.

L'homme se gratte le cuir, potentiellement chevelu, sous sa casquette puis se remonte le casque de sa CB sur les oreilles :

– Nico, faut que tu montes au paddock. Y a une flic...

– Une gendarme.

– Une gendarme qui veut te parler... Joue pas au con, y en a un régiment qu'arrive derrière...

– Un peloton.

– Un peloton.

– ...

– Enc... toi-même. On va pas tous se faire coffrer parce que t'es allé foutre le souk au village.

– ...

– Il arrive, m'informe la casquette d'amiral de gay pride, en pointant un fourgon crotté qui a quitté la ronde pour escalader la butte dans un geyser de poussière.

Mon iPhone, dont je masque toujours la façade dans le creux de ma main, me rend encore service :

– C'est bon, mon commandant, j'ai le suspect en visuel... C'est peut-être plus la peine de vous déplacer... À vos ordres... Non chef, je ne prends aucun risque... C'est compris, au premier mot au-dessus de l'autre vous rappliquez...

C'est ça le téléphone low-tech du futur, le téléphone à écran tacite.

Béa revient à la charge :

– C'est le KGB qui vous envoie ?

– Qui ça ?

– Une pute russe qui se fait passer pour une boche...

– Mais arrête ça Béa. Ça a rien à voir, c'est juste Nico qu'a encore déconné, proteste l'homme.

– Et juste le jour où ça arrive, y a une armée de flics qui déboule. Franchement Mo, t'y crois ?

Ce que Mo croit ou pas, je ne le saurai pas car le 4X4, sorti de la danse, fait irruption sur la plateforme avec deux autres caisses au train.

C'est le moment obligé d'une master class d'interpellation routière. Un, doigt comminatoire pointé sur le capot du véhicule. Deux, revers de l'autre bras vers l'emplacement de stationnement attendu, soit derrière le Cherokee. Trois, face main gauche levée à hauteur d'épaule pour ordonner la coupure du contact.

La bagnole s'immobilise cinq mètres devant moi. J'ai pris garde de me tenir devant la table de marque dans l'espoir de dissuader une ruade à mon intention. Avant de m'avancer à la rencontre du Minotaure, j'aurais aimé entendre l'arrêt de son moteur et le craquement du frein à main mais le tintamarre des véhicules toujours en piste couvre tout le reste. Quant à user de la force dissuasive de mon flingue, lui en état de marche, j'ai encore besoin de recharger mes droits à la bavure avant de pouvoir le ressortir.

Lorsque j'arrive à sa hauteur, le conducteur entrouvre sa portière.

– Restez dans le véhicule et gardez les mains sur le volant, le recadré-je, avant qu'il ne pose une deuxième bottine sur le marchepied.

Le type se rassoit docilement derrière son volant.

Je note, en montant à mon tour sur le marchepied, qu'il est seul dans son véhicule et subsidiairement, navrée de persister dans le délit de faciès, affublé lui aussi d'une physionomie qui ne me revient pas.

Légère retouche au protocole de contrôle routier, je profite de ma position pour examiner la colonne de toit du pot d'échappement, dit tuba, et aussi par ici, je l'apprendrai plus tard, snorkel. Une entaille grise coupe la peinture noir mat de la coupole. Je réprime le réflexe de passer le doigt dessus pour me brûler au deuxième degré et me démontrer qu'elle est ébréchée, donc possiblement causée par un choc récent avec un objet contondant, comme mon Sig Sauer.

Les yeux au ciel, je dois psalmodier trois fois présomption d'innocence pour intérioriser la nuance entre un indice et une preuve. Une prise de recul d'autant plus pertinente que je suis filmée par le téléphone d'un des deux curieux venus à rescousse.

Derrière le volant, un blond quadragénaire à coupe banane effet mouillé baisse sa vitre et interrompt imprudemment les étirements mentaux que je m'impose pour me retenir de le sortir de sa bagnole par la fenêtre :

– J'ai fait quelque chose de mal, Mademoiselle ?

– Bonjour. Carte grise, attestation d'assurance et permis de conduire, s'il vous plaît, mandé-je sommairement.

Le blaireau, qui s'est fait entuber en achetant sur le Net un tee-shirt de compression en lycra, censé transformer les bourrelets en tablette de chocolat, choisit de me pipeauter :

– C'était vous sur la place ? Fallait que je m'arrête ? Pardon, j'avais pas compris, feint-il de réaliser.

Je reste de marbre, main tendue telle Thémis brandissant la balance de la justice.

– Tout ça parce que j'ai roulé sur un trottoir ? s'obstine la tache.

– Vos papiers, s'il vous plaît.

– Désolé mademoiselle mais j'ai tout oublié chez moi. Laissez-moi votre carte et je passe vous les présenter au poste avant la fin de la semaine, tente-t-il encore avec un entrain forcé.

Mademoiselle descend du marchepied et s'en va débarbouiller la plaque avant de la bagnole de sa semelle.

L'immatriculation dégagée, elle la photographie avec le cadavre de son iPhone. Elle fait semblant, oui, par le fait. Elle ne manque pas pour autant de le graver dans son hémisphère gauche, chez elle celui du deep learning.

Au retour, je remarque que tous les bahuts quittent le circuit pour se garer autour de la scène. Leurs museaux sales viennent pointer sur moi comme des chiens d'arrêt. Trois des quatre déjà arrivés me filment avec des téléphones.

Je fais comme si de rien n'était et reviens à la portière de mon suspect :

– Qu'est-ce que vous préférez ? J'envoie votre immatriculation à la préfecture et on attend l'addition ou on essaye de faire des économies ?

La candeur frelatée quitte la face de gland pour laisser place à un spleen de bad boy repenti tout aussi mal joué :

– J'ai encore sept mois de suspension à tirer. C'est à cause des zones trente qu'y a partout. Dans la descente de Marcy, où y a un radar évidemment, avec ma Golf, je suis à soixante sans toucher la pédale. Comme je la prends tous les jours pour aller taffer, même en faisant gaffe, y a un moment où je suis à zéro point, c'est obligé. Vous le savez bien.

– Trop injuste.

– C'est clair. Le pire, c'est que je dois rouler dans une voiture sans permis pour garder mon job. La tondeuse comme ils appellent ça au village. Tout le monde me vanne. Même ma chérie a failli me larguer. J'en peux plus, faut comprendre.

Justement je ne comprends rien :

– Comprendre pourquoi t'as essayé de me rouler dessus ?

Tutoiement, le retour.

– Moi, j'ai voulu vous rouler dessus ? bafouille le gommeux avec un air atterré qui, pour le coup, respire la sincérité.

– T'étais où à sept heures ce matin ?

– Ben sur la route.

– Entre les Ombreuses et Saint-Pierre l'Étoile où tu m'as foncé dessus ?

Le pilote de course roule des yeux effarés. Ou je suis encore en train de harceler un loser ou j'ai devant moi un major de promo du cours Florent.

– C'est pas possible, gémit-il. J'embauche à huit heures à Vénissieux. Avec la tondeuse qu'est bridée à cinquante, je mets une heure et demie en passant par la départementale, vu que je peux plus prendre ni l'autoroute, ni le TO.

– Si j'appelle ton patron, il confirmera ?

– Faites pas ça, s'il vous plaît.

Maintenant, il est clairement au bout de sa vie.

– Pourquoi vous dites qu'il a essayé de vous écraser ? intervient le marin d'eau douce derrière moi.

Ne jamais laisser un tiers s'immiscer dans un interrogatoire, je sais. Mais quand l'interrogatoire part en sucette ?

– Parce que je reconnais sa voiture, je réponds en me tournant vers mon public garé en demi-cercle autour de nous.

– Celle-là ? demande l'homme à la vareuse, en indiquant le 4X4 du prénommé Nico, dont il va quand même falloir que je relève l'état civil.

– Oui celle-là.

– C'est pas possible... Maurice dis-y, implore le blondin de son poste de conduite.

Le galonné de carnaval fait signe aux reporters en culottes courtes de ranger leurs téléphones :

– Nico est allé travailler à Vénissieux ce matin avec sa voiturette. Cet après-midi, il a pris un RTT pour s'occuper de ses enfants. Normalement le mercredi, c'est son ex qui les prend à l'école mais hier soir elle avait le Covid...

– Vous inquiétez pas pour elle, ça va mieux, raille la coprésidente.

Ricanements à la private joke dans l'hémicycle.

Maurice reprend :

– En fait, il a demandé son après-midi pour prendre livraison de sa nouvelle bagnole. Si elle est dégueulasse, c'est à cause de la mare mais, en fait, y a deux heures elle était encore au magasin avec zéro kilomètre au compteur. Du coup, il pouvait pas écraser quelqu'un avec ce matin.

– On peut acheter une voiture neuve sans permis de conduire par ici ? m'étonné-je.

– J'y ai loué chez Rhône Motors, en fait, intervient Nico. Contrat de mobilité plurielle, ça s'appelle. C'est nouveau. En fait, un jour t'as la voiturette et un jour…

– Nico, laisse parler Maurice. Chaque fois que tu l'ouvres, tu t'enfonces, coupe la rousse pas que bête.

– Le plan, c'était que Nico utilise le 4X4 juste sur le circuit, pour se faire plaisir, en attendant de récupérer ses points. Au club, on a un concessionnaire qui fait de la voiture sans permis et du 4X4. On s'est arrangés pour rester dans le cadre légal ou à peu près.

Ou à peu près pas :

– Si c'est ça, pourquoi je le trouve à faire des drifts sur une zone piétonne au milieu d'une agglomération ?

La meuf amuse à nouveau la galerie :

– Faut savoir que Nico, comme on dit chez nous, c'est pas le couteau le plus affûté du tiroir.

– Il a pas pu s'empêcher d'aller bouffonner au village, explique le président. C'est un irresponsable et, nous, on est des cons de lui faire confiance. Mais maintenant on a compris. Il sera viré du club jusqu'à ce qu'il repasse son permis. En attendant, vous voyez bien qu'y a pas matière à descente de flics.

Je vois, tellement bien que je me conseille de lever le camp avant que la compagnie ne comprenne, même avec un QI moyen plus près du Q que du I, comme dit Papa, à quel point c'est vrai.

Je me retourne vers Mad Max :

– Vous m'accompagnez chez votre concessionnaire pour vérifier votre alibi et vous remettre en règle.

– Tant que vous me balancez pas à ma boîte, je prends tout sur moi, promet-il dans un regain de bravoure… Je vous emmène ?

Comme disait encore Papa, du temps où il exerçait, y en a qui mériteraient une carte de fidélité :

– Vous me dites ce que vous ne comprenez pas dans suspension de permis de conduire ?

– C'est vous qui conduisez, c'est ça ?

## 25 – LA BELLE-MÈRE

Florence Fournier occupe un grand bureau mal éclairé au premier étage de la concession Rhône Motors. Si l'aménagement intérieur révèle la culture d'entreprise, c'est évident qu'on n'est pas dans une start-up de la tech. De style industriel sinistre, le mobilier est entièrement voué au papier. Devant une photocopieuse imposante, des dossiers se chevauchent à même la moquette marronnasse, comme des jeux de cartes en éventail. Les murs témoignent d'une même philosophie avec, pour toute déco, un planning annuel à fiches T dont je croyais le service de la scolarité de l'École des officiers de la Gendarmerie dépositaire du dernier exemplaire dans le système solaire. Seul compromis visible avec le monde digital, un PC portable au ventilateur empoussiéré ronfle entre un combiné téléphonique à grosses touches rétroéclairées et une imprimante à picots sur le bureau en laminé de la patronne. Elle-même, blouse noire à col montant, casque de cheveux gris lissé autour d'un visage distingué à la jolie peau moirée, œil bleu intense et mine défaite convaincante, nous laisse entrer sans se lever.

Je m'annonce :

– Bonjour. Je suis le lieutenant de gendarmerie Meyer. Nous nous sommes croisées hier soir lors du conseil municipal...

– Comme je viens de vous en avertir, je suis terriblement pressée, rétorque la femme sans un mouvement pour nous accueillir.

Après que j'ai outrepassé son secrétariat et quasiment forcé sa porte, c'est normal.

– Vous avez livré une voiture à monsieur Nicolas...

Je me tourne vers l'aigle de la route à qui je n'ai toujours pas demandé son identité.

– Pradier, complète-t-il.

– À monsieur Nicolas Pradier à 14 heures...

– 14 h 30, précise l'autre.

Puisqu'on est parti dans le texte à trous :

– Livré une voiture à monsieur Pradier alors qu'il n'a plus de...

– ... permis de conduire... En fait, le certificat de vente est au nom de ma copine vu que, elle, elle l'a son permis, nous éclaire à nouveau Nico.

Le regard morne échoué sur le boulet, Florence Fournier pianote un numéro à quatre chiffres sur l'embase d'un téléphone trentenaire et décroche le combiné :

– José... Monsieur Pradier descend à l'atelier... Vous reprenez le Patrol et vous lui rendez son Aixam... Ça n'est pas grave... Vous laissez les documents dans ma bannette, je les traiterai lundi... Non José... Vous faites juste ce que je vous demande, merci.

Elle raccroche et revient à moi :

– Le contrat est annulé, je reprends le véhicule de monsieur Pradier et lui peut repartir avec sa VSP.

– VSP ?

– Voiture sans permis, intercepte Nico.

Durant le trajet entre la carrière et le magasin, j'avais envisagé différents angles d'attaque pour exploiter les dénégations de la concessionnaire. Pas de dénégations, ça je n'avais pas prévu.

– Vous savez que vous avez commis un délit ? m'employé-je à dramatiser sans parvenir à toute l'emphase nécessaire.

– J'en assumerai les conséquences. Maintenant, si vous permettez, je dois régler des affaires urgentes...

Je m'accroche aux branches :

– Quel est votre lien avec la femme que vos clients du club de 4X4 présentent, pardonnez la vulgarité, comme une pute russe affiliée au KGB ?

Nico intervient à nouveau :

– C'est une bonne femme de la mairie qui fait que nous emmerder...

Florence Fournier complète :

– Il s'agit d'une nouvelle adjointe au maire qui prône l'interdiction des 4X4 au motif qu'ils gaspillent l'air et l'eau de la commune.

Nico encore :

– Pour dire comme c'est juste pour nous faire ch..., la flotte de la carrière, on lui a proposé de la payer...

– Pourquoi pute russe ? demandé-je.

– Parce qu'elle est la colistière de mon frère et...

– Pas seulement, précise élégamment Nico.

La cheffe d'entreprise se masse les tempes, signe qu'elle mobilise ses dernières ressources pour conserver une attitude commerçante :

– Il semblerait qu'elle soit la fille d'un militaire russe. Ça suffit à ses détracteurs pour l'appeler KGB.

Nico toujours à la volée :

– Il semblerait pas, c'est sur Internet... Et que les Russes s'infiltrent de partout, c'est pas moi qui l'invente non plus.

Alors vu ce qui se passe et vu qu'elle est comme ta belle-sœur, tu permets qu'on se pose des questions...

Tout a une fin :

– Quelles questions, pauvre imbécile ? Elle est hospitalisée depuis plus d'un mois.

J'hésite à exploiter une information malheureuse. En tout cas plus qu'avant, sauf que je suis à court de munitions :

– Si c'est d'Alexandra Schneider qu'on parle, elle est morte cette nuit.

Comme d'habitude, effet pschitt :

– J'en suis désolée, compatit la femme après un court silence de décence.

Elle me paraît sincère, avec le bémol qu'elle était déjà endeuillée.

– Pas moi, se distingue Pradier, maintenant lui aussi authentique mais dans sa connerie.

Je retourne au feu :

– Vous ne savez pas qui a essayé de me renverser quand je me rendais à son chevet ?

– Pardon ? tousse la patronne.

– Un 4X4 m'a foncé dessus ce matin. Exactement du même modèle que celui qu'on vous ramène, pareillement couvert de boue en guise de camouflage et avec un éclat à l'endroit où il a heurté mon sac à dos...

– Un capuchon de snorkel rayé, c'est clair que c'est pas normal pour une caisse toute neuve, contribue Nico.

– C'est tout ce que vous avez pour l'identifier ? me demande la concessionnaire.

– Ouais et que ça peut pas être moi dedans vu que j'étais au boulot ce matin, persiste le bolosse en mode collabo.

Florence Fournier opte pour le didactique :

– Nos véhicules viennent d'Asie. Bien que leur carrosserie soit filmée et leurs organes les plus fragiles protégés par des mousses, ils subissent des chocs durant le voyage qui peuvent laisser des traces. Lorsque nous les réceptionnons, nous les déparaffinons et les contrôlons entièrement avec le transporteur. Une rayure, dans une zone haute comme la coupole d'un pot de toit, peut toujours nous échapper... À moins que vous ayez une autre explication, merci maintenant de me laisser m'occuper des funérailles de mon beau-fils, qui est la seule raison de ma présence aujourd'hui...

Là, je suis vraiment à sec.

– Merci de votre accueil, au revoir, concédé-je en me tournant vers la sortie.

Heureusement, il y a Nico :

– Quand c'est l'enterrement de Kevin, du coup ? demande-t-il.

– Samedi 10 h 30, murmure la patronne laconiquement.

Trop laconiquement et trop faiblement.

Je me hâte lentement vers l'escalier de la passerelle où s'engage déjà mon futur ex-gardé à vue.

Selon le prêtre, personne ne peut être inhumé au cimetière de Saint-Pierre l'Étoile puisqu'il n'y a plus de place à cause du mausolée Morel. Pourquoi Florence Fournier ne le dit-elle pas à Pradier ?

Que peut-elle craindre de lui sinon son seul et unique talent, celui de la boulette ?

Eh bien ça exactement.

Si elle annonçait à Pradier que son beau-fils va être incinéré parce qu'il n'y a plus de place dans le cimetière de Saint-Pierre, à cause de son caveau familial, il serait bien assez lourd pour lui demander pourquoi elle ne l'y inhume pas. Dans le caveau de la famille Morel, je veux dire.

Le rouage, qui patine dans la semoule au fond ma tête depuis trois jours, mord enfin sur un engrenage.

Nico a donné tout ce qu'il avait. Je le sors du terrain :

– Rentrez chez vous. La gendarmerie vous contactera... Et ne vous trompez pas de voiture en partant.

Pas besoin de répéter.

Je retourne dans le bureau de la patronne :

– Je peux utiliser votre téléphone ? l'importuné-je résolument en me penchant par sa porte ouverte.

Florence Fournier m'adresse un rictus où se lit son empathie, je ne crois pas si bien dire, avec le chauffard qui a tenté de me tuer ce matin :

– Allez-y, daigne-t-elle, faisant glisser vers moi l'appareil sur sa table avant de se replonger dans sa paperasse.

J'appelle le 17. Je ne devrais pas si ce n'est pas une urgence ? Et une dénonciation de crime, c'est quoi ?

– Police-secours à votre écoute, me répond une voix d'homme rugueuse.

– Officier de gendarmerie Meyer. Pouvez-vous me transférer au commissariat de Chantôme, s'il vous plaît. C'est pour une dénonciation de crime.

– Je vous mets en relation.

Ça sonne deux fois et ça décroche.

Je note du coin de l'œil que Florence garde sa pose de haute concentration sur des affaires autrement plus importantes que moi, mais n'écrit plus.

Une voix féminine prend le relais :

– Commissariat de Chantôme, que puis-je pour vous ?

– Officier de gendarmerie Meyer, mettez-moi en communication avec le lieutenant Brahimi, je vous prie. Il doit se trouver sur le site d'une expertise scientifique à Saint-Pierre l'Étoile. J'ai une information urgente à lui transmettre, en lien avec son enquête.

– Quittez pas.

Les bruits de fond de l'écouteur, resté ouvert dans le bureau, donnent une impression de bagarre générale à coups de chaises.

– Vous êtes, rappelez-moi, me redemande-t-on.

– Lieutenant de gendarmerie Rudy Meyer.

Bourdonnement d'électrons qui se frôlent dans les méandres du réseau téléphonique et, enfin, la voix qui chante le stade vélodrome de l'officier de police judiciaire Brahimi :

– Lieutenant Meyer, s'ébaudit-il.

– Bonjour lieutenant. Êtes-vous encore chez Kevin Fournier ?

– Et vous, vous êtes où ?

– Chez Rhône Motors dans le bureau de la belle-mère de Kevin Fournier...

– Vous deviez rentrer au Camp des Loges aujourd'hui. Y a quelque chose que je peux faire pour être débarrassé de vous ou je dois encore me faire muter ?

– Me dire que vous avez trouvé l'arme du crime, par exemple.

– Abusez pas. On commence à peine à chercher.

– Avez-vous fouillé le caveau Morel, dans le cimetière à côté ?

– Z'êtes fêlée. Pourquoi je fouillerais le cimetière ?

– Parce que je le fais, si vous n'y allez pas.

– Vous m'affranchissez ?

– Après, à ce numéro.

Je claque le combiné sur son socle en plastique. Il m'énerve légèrement l'olympien. Je lui boucle son enquête. Faudrait pas que je lui gratte son rapport en plus ?

Devenue livide, Florence Fournier gicle de son fauteuil comme un missile sol-air et sort de la pièce. Je la poursuis sur le balcon intérieur du bâtiment pour la voir se ruer dans les toilettes attenantes, une main devant la bouche. J'y entre à sa suite par celle des deux entrées siglée de l'ombre chinoise d'un Playmobil en robe trapèze.

Cassée sur la cuvette des W.-C., la femme pleure et vomit à s'arracher les boyaux. J'ai beau me dire que ce marasme vaut confession d'un crime, elle me fait pitié :

– Je vous attends à la machine à café, lui fais-je entendre entre deux quintes.

***

Au pied des marches, deux banquettes placées en angle devant un distributeur automatique chaud/froid composent une zone d'attente. C'est notre point de ralliement.

Florence Fournier m'y rejoint au bout de deux minutes. Je l'observe descendre l'escalier, blême, fébrile, les traits décomposés mais digne et même chic, dans un sarouel et des mules du même noir satiné que sa blouse.

Arrivée devant la machine, elle sort un plip de sa poche :

– Que prenez-vous ? me demande-t-elle, comme si j'étais une cliente VIP de son bouclard.

– Un Ice Tea, deux paquets de chips et une barre protéinée, s'il vous plaît.

On dit que le stress coupe l'appétit. C'est vrai, mais c'est pas moi qui suis stressée. Tout ce qu'il y a de salé en vitrine, ce sont des paquets de chips de poche. À trente grammes le bout, c'est tout le rack que j'aurais dû prendre.

La patronne me livre ma commande sans commentaire et se sert un café americano.

– Asseyons-nous, commandé-je.

Nous nous installons chacune sur une banquette. À part la proximité de la restauration, c'est mal vu de ma part. Les sièges, trop bas et trop mous, nous affalent dans des positions incompatibles avec un interrogatoire serré.

Du coup (j'en abuse moi aussi je sais), je laisse venir. Double avantage. Un, je ne sais pas comment attaquer Florence Fournier sans que mon tact proverbial ne la renvoie aux toilettes. Deux, je peux me coller une poignée de chips dans la bouche à la place.

Florence avale une gorgée de son café et ouvre le ban d'un ton spectral :

– Kevin croyait devoir protéger la femme de mon frère. Mardi en pleine nuit, il a aperçu une silhouette qui sortait de sa villa. S'il lui a tiré dessus avec son arbalète, c'était seulement pour la faire fuir. Kevin jouait les mauvais garçons mais il était incapable de violence, même pour se défendre.

La femme porte à nouveau son gobelet à la bouche et laisse son regard glisser sur le carrelage brillant du showroom. C'est le risque des aveux spontanés, l'évaporation.

– Dans toute sa vie, Kevin n'aura reçu de sa famille que mépris et dérision. Seul mon frère lui a offert sa confiance... pour en faire sa chose. Comme de tous ceux qui avaient le malheur de l'approcher... Je le savais et j'ai laissé faire.

Florence Fournier se remet à pleurer sans essayer de sécher ses larmes.

– Kevin a tiré vers le sol, dans l'obscurité. Personne ne le soupçonne d'avoir visé quelqu'un au niveau de l'aine. Il s'agit un homicide involontaire évident, la consolé-je à mon corps défendant.

Je me lève pour aller prendre un mouchoir en papier dans une boîte posée sur une étagère, au-dessus de la fontaine à eau attenante au distributeur. Et pour ne pas lui montrer que la honte de ma propre faute me monte au front.

La patronne prend le mouchoir que je lui tends et s'essuie les yeux :

– Le lendemain, quand la mort de Junet a été annoncée, je me suis précipitée chez Kevin mais il était trop tard. Kevin avait appris qu'il avait tué le père de son copain Yanis et retourné son arme contre lui... Vous pouvez croire que c'est moi qui l'ai assassiné, ça m'est égal puisque c'est tout comme.

« Pourquoi est-ce tout comme ? » est la question qui me vient à l'esprit. Parce qu'elle relativise ma propre culpabilité.

Et aussi parce que je pense connaître la réponse. « Comment avez-vous découvert le suicide de Kevin ? » est la question que je pose, parce qu'un professionnel doit renseigner les faits avant les intentions. Et parce que je pense aussi connaître la réponse.

– Kevin était enfermé dans son pavillon. J'ai pu y entrer parce qu'il m'appartient et que j'en ai les clés. Il était assis sur une chaise, penché contre son arbalète, la poitrine transpercée… Je l'ai redressé. Son visage grimaçait encore de douleur.

Nouveau mouchoir.

– J'ai d'abord pensé porter l'arbalète et les dossiers volés dans ma voiture, mais j'ai eu peur de croiser quelqu'un en chemin. L'entrée du cimetière jouxtant la maison de Kevin, j'ai finalement tout caché dans notre caveau.

Je demanderais bien là encore la raison de ce manège, mais priorité au factuel :

– C'est quoi ces dossiers volés ?

– Trois classeurs que Junet est allé récupérer dans le bureau de Gérald, avant que vous n'alliez le perquisitionner, comme vous l'avez claironné.

Je n'ai rien claironné. C'est le flic municipal qui a hurlé à la perquisition illégale. Pour autant, je ne dis pas que je n'ai pas merdé.

– Qu'est-ce qu'il y avait dans ces classeurs ?

– Des programmes immobiliers. Gérald travaillait, avec Junet et un avocat, sur une révision de PLU qu'il aurait engagée sitôt élu, pour autoriser des chantiers sur des terrains appartenant à Junet. Des projets frauduleux que Junet croyait enterrés, jusqu'à ce que vous débarquiez.

– Comment ces dossiers sont-ils parvenus chez Kevin ?

– Junet a dû les laisser tomber devant la villa quand il a reçu la flèche. Kevin les aura ramassés, croyant avoir mis en fuite un cambrioleur.

– C'est pour pouvoir les garder que vous avez maquillé la scène en crime ?

Je sais que j'ai faux au milieu de ma phrase mais le coup est parti. Un bon interrogatoire s'articule sur des questions, pas sur des réponses à cocher.

– Vous êtes l'initiatrice de ce désastre et pourtant vous n'y comprenez rien, me balance belle-maman en pointant sur moi deux iris bleus subitement injectés de venin.

– Alors expliquez-moi pourquoi déguiser un suicide en meurtre et risquer de passer pour son auteur ?

Ou autrice. En tout cas, meilleure question.

– Pour moi, Kevin n'a jamais rien représenté d'autre que le rebut d'une vie ratée. J'aurais pu empêcher son père de le battre. J'aurais pu interdire à Gérald de se servir de lui. Hier encore, je pouvais devenir sa mère... Il a fallu que je le voie mort pour comprendre que je n'avais plus que lui... En apprenant son calvaire, tout le monde aurait compris que j'en étais la cause. J'ai préféré qu'on le croie assassiné.

– Et moi, pourquoi avez-vous essayé de m'écraser ?

Florence sort un paquet de blondes de la poche de son pantalon bouffant et s'allume une cigarette au filtre doré avec un Dupont. C'est là que les têtes dans les box vitrés se tournent vers nous, comprenant enfin que la patronne et moi ne faisons pas juste salon.

– Quand Gérald a monté l'équipe de sa campagne électorale, il a pensé que Kevin ferait un auxiliaire zélé et, surtout, lui donnerait une image de grand frère. Il l'a subjugué en lui racontant sa croisade imaginaire contre la corruption et l'imminence d'un grand soir, grâce à des informations incriminant des notables locaux fournies par des collègues du renseignement militaire. Placé dans les premiers de la liste, avec la promesse d'un poste d'adjoint au maire, Kevin s'est senti investi d'une mission de protection et même de sacrifice envers son bienfaiteur. Personne d'autre n'avait jamais compté sur lui. Kevin se serait fait tuer pour mon frère… Dans la nuit de mardi, après que vous l'avez provoqué, Kevin m'a téléphoné. Au lieu de l'écouter, je l'ai maudit de me réveiller en pleine nuit pour des états d'âme dont je n'avais rien à faire et j'ai raccroché. Ce matin, j'ai voulu venger sa mort, dont j'essayais encore de me convaincre que vous étiez seule responsable.

Un point de vue pas totalement infondé. Je ne le lui dis pas mais je crois que nous communions sur ce point, sans sympathie pour autant.

– Avez-vous une idée de qui aurait pu vouloir tuer Gérald Morel ? questionné-je encore la femme, dont je sens la décompensation engagée.

– Parce qu'il a été tué ? demande-t-elle sans émotion.

– Vous l'ignoriez ?

La femme tire sur sa cigarette en regardant monter la fumée vers la charpente du toit de tôles :

– En fait, peu importe, conclut-elle d'une courte rêverie.

La nicotine doit lui réveiller des souvenirs car elle renoue avec ce qui reste mon seul sujet, sans que j'aie à la relancer :

– Gérald abusait toutes ses relations, famille, amis, collègues, épouse, maîtresse… Qui aurait pu vouloir le tuer ? Personne et tout le monde.

Je pose la question que poserait Papa :

– Sa femme qu'il trompait ?

– Élise est une gourde. Comme tous les souffre-douleurs de pervers narcissiques, elle voit tout sauf l'évidence. Au lieu de fuir un mari qui l'humiliait, elle s'est convaincue de le mériter. Elle a poussé l'aveuglement jusqu'à lui apporter sa dernière conquête sur un plateau. Alexandra Schneider, qui souffrait d'une maladie chronique, était une de ses patientes régulières. Élise l'a présentée à Gérald pour qu'il la reçoive, avec des étudiants, à la base du Mont-Rolland. Vous connaissez la suite.

Une voiture de police entre en trombe dans la cour de la concession, sirène et gyrophare au taquet. Un effet certain, atténué tout de même par le modèle d'entrée de gamme du bolide, dit minispace, de fabrication roumaine.

J'attendais que Florence me dise qu'elle ne regrettait pas de m'avoir loupé ce matin, pour lui répondre que je ne le mentionnerais pas dans mon rapport. Elle repartira avec l'OPJ Brahimi sans avoir rien pardonné, ni à elle, ni à moi.

## 26 – UN RÉPONDEUR

Tout s'explique ou presque. Dommage que le presque inclue l'élucidation du meurtre de Gérald Morel, qui est juste l'objectif de ma mission.

Brahimi offre de me reconduire à mon hôtel et ensuite à la gare. S'imagine-t-il se taper la gendarmette à la hussarde ? Encore plus vexant, il veut seulement la voir foutre le camp de ses yeux. Mais si je remonte seule la route jusqu'au lotissement d'Élise Morel, dans le soleil descendant d'un beau début de soirée, ce n'est pas pour ça. C'est parce que des appels téléphoniques en triangle, le soir fatidique du 26 mars 2020, soudain me martyrisent.

Le portail de sa villa est ouvert. En dépasse l'arrière de la fourgonnette multi-logotisée de la mairie engagée dans la rampe d'accès au garage. Pas de surprise donc, après mon annonce à l'interphone, que ce soit mon garde champêtre overlooké qui m'attende en haut de l'escalier. Ça fait plaisir de constater que l'assistance psychologique aux témoins de crimes de sang n'est pas un vain mot pour la police rurale.

Sauf que le plaisir n'est que pour moi :

– Élise est encore très éprouvée. Vous êtes sûr de devoir la déranger ? me sermonne d'entrée Damien d'un ton paternaliste.

En souvenir d'une confraternité née d'un covoiturage dans les monts d'Or, j'entame la montée des marches comme si je n'avais rien entendu.

Insensible à ma retenue, le concierge en remet une couche :

– L'alarme de la maison la met hors de cause dans tous les cas. J'ai vérifié auprès de la société de gardiennage. Qu'est-ce qu'il vous faut de plus ?

Et une dernière bordée quand j'arrive sur le palier :

– Franchement Rudy, vous ne croyez pas que vous en avez assez fait ?

Puisqu'il faut se dire les choses :

– Dégage, Damien, ou tu vas découvrir que t'as encore rien vu.

Le garde champêtre bat en retraite dans la simili galerie des glaces.

Je le talonne.

Comme la saynète surjouée de protection virile de son chevalier servant le laissait présager, Élise Morel nous attend, attablée devant deux couverts joliment dressés sur la terrasse prolongeant son séjour. Côté salon, deux gosses assis sur le canapé en laine entre les chauffeuses regardent un dessin animé à la télé.

Il n'est rien, dans cette photo de famille recomposée, qui ne me déclare pas toute mon importunité. Dire que cela me fait hésiter serait exagéré :

– Damien, vous regardez *La Petite Sirène* avec les garçons, pendant qu'Élise et moi bavardons cinq minutes ? proposé-je au collectif, avec une inflexion enjouée pour ne pas inquiéter les enfants.

– C'est *Zig et Sharko*, me crie l'un d'eux.

Élise adresse un signe d'assentiment à Damien qui s'exécute galamment ou, pour le moins, recule précipitamment afin d'éviter la porte vitrée coulissante que je tire entre nous.

Robe bras nus courte et ajustée en lin blanc, station droite de femme du monde, la maîtresse de maison m'adresse la moue languide qui lui est comme botoxée sur le visage, alors que sans façon je prends place à sa table.

Le plateau de verre carré m'ouvre une vue plongeante sur une paire de jambes au galbe impeccable, largement découvertes. Pour être franche sur mes priorités existentielles, tout affriolant que soit le spectacle sous la table, il se trouve en concurrence défavorable avec l'escalope milanaise croustillante sur la table.

– Hier matin, vous m'avez déclaré avoir veillé votre mari avec un babyphone, dès qu'il s'est confiné dans votre chalet.

Un problème de liaison persiste entre nous :

– Vous confirmez ? dois-je insister.

– Oui.

– La soirée du 26 mars, ses conversations téléphoniques avec ses partisans vous ont, je vous cite, tenue éveillée jusqu'à environ 22 h 30.

– Oui, anticipe-t-elle cette fois.

– Pourquoi ne m'avez-vous pas parlé des deux appels qu'il a reçus d'Alexandra Schneider ce soir-là ?

Le front diaphane d'Élise laisse partir une réponse trop rapide pour être honnête :

– Pourquoi aurais-je dû vous rapporter ces conversations ? Alexandra était une colistière de mon mari parmi une trentaine d'autres. D'ailleurs, vous ne m'avez pas questionnée à son sujet.

Autre indice de riposte préparée, un texte trop long pour que la chute ne chevrote pas.

– Vous êtes d'astreinte ce soir ? biaisé-je.

– Pourquoi ?

– Vous gardez un écouteur à l'oreille et votre main sur votre téléphone.

Si besoin de s'absenter, Damien garde les enfants. Et plus si affinités, abondé-je subliminalement.

– De quoi je me mêle ? s'insurge Élise, sur le même canal.

– Passez-le-moi, ordonné-je en clair.

La veuve écarquille les yeux comme si je lui avais demandé de me suçoter les doigts de pied :

– Que je vous passe quoi ?

– Votre téléphone... Vous m'avez menti. Si vous m'y obligez, j'obtiendrai l'historique de vos appels par une procédure judiciaire, dont l'indiscrétion sera le moindre des désagréments, fais-je ma menaçante.

La boudeuse active son portable, appuie son index sur le cadran et me le tend, non sans un haussement de sourcils outragé.

– Pourquoi avez-vous appelé Alexandra Schneider le 26 mars à 21 h 31 ? lui demandé-je, en lui montrant le numéro dans la liste avec, en dessous, le nom de la prof inscrit en toutes lettres.

Même temps de réaction, même erreur :

– Alexandra était ma patiente bien avant de rejoindre la liste électorale de Gérald. Si je l'ai appelée, c'est que j'avais une question à lui poser.

– Quelle question ?

– Secret médical.

Ça faisait longtemps.

– Vous savez qu'elle est décédée la nuit dernière.

– Oui. J'en suis très peinée mais la mort ne lève pas la clause de confidentialité des professionnels de santé.

Je me le suis déjà fait dire, en effet.

– Puisque la déontologie vous arrête, je transforme ma question en supposition. En entendant l'appel d'Alexandra Schneider à votre mari, le 26 mars vers 21 heures, vous découvrez qu'ils sont amants. Vous téléphonez aussitôt à Alexandra pour le lui reprocher, ce qui la pousse à rappeler Gérald Morel. Ce que vous avez dit à Alexandra Schneider et ce qu'elle et votre mari se sont dit après, que j'ignore et que vous savez, ont conduit à sa mort dans l'heure suivante.

J'ai amené un fusil à deux coups. Je viens d'en tirer un.

Une criminelle endurcie me rirait au nez.

Une meurtrière passionnelle s'effondrerait.

Une innocente s'indignerait d'une rhétorique empruntée à l'Inquisition espagnole.

Rien de tout ça. Élise s'anime mais sans chaleur, comme si elle m'ouvrait la porte de son frigidaire :

– Durant les jours qui ont précédé la mort de Gérald, j'ai entendu ses conversations avec Baptiste Junet. Elles prévoyaient des modifications du PLU à lancer dès leur accession à la mairie, pour réaliser des programmes immobiliers juteux dans l'échéance du mandat. Junet renâclait à l'idée de faire campagne avec Alexandra Schneider qui s'opposerait à leurs projets dès qu'elle les découvrirait. Gérald répondait qu'il ne pouvait se passer de sa notoriété pour gagner l'élection mais qu'il profitait de son alitement pour virer l'écologie de la profession de foi qu'elle leur avait rédigée. Il s'engageait, par ailleurs, à manœuvrer le reste de l'équipe en sous-main, pour que Junet soit élu au poste de 1er adjoint à la place d'Alexandra, lors du premier conseil municipal de la nouvelle équipe. Le soir du 26 mars, Alexandra a téléphoné à Gérald pour s'inquiéter de rumeurs de déviations majeures dans le discours électoral de Gérald. Il a démenti et rappelé sa promesse de me quitter au lendemain des élections pour vivre avec elle enfin librement. Dès qu'ils ont raccroché, j'ai appelé Alexandra pour l'insulter et lui dire qu'elle ne me prendrait pas mon mari, parce qu'il la trompait elle aussi. Je lui ai raconté ses magouilles avec Junet et les mensonges de sa campagne.

Élise s'est arrêtée, sans doute pour s'assurer que je l'écoutais bien pendant que je liquidais les frites bordant la viande, délicieusement panée d'une chapelure au paprika, dans l'assiette de Damien.

– Que vous a-t-elle répondu ? la rassuré-je.

– Qu'elle avait cru Gérald quand il lui affirmait maintenir notre vie de couple seulement pour mon fils, qui avait retrouvé un père avec lui. Elle m'a promis que tout était fini entre eux à l'instant et elle s'est excusée du mal qu'elle m'avait fait.

L'élan narratif semble s'essouffler.

– A-t-elle tenu parole ? relancé-je.

– Oui, elle a téléphoné aussitôt à Gérald pour rompre avec lui.

– Comment cela s'est passé ?

– Mal, comme vous pouvez le deviner.

– Si je vous lis entre les lignes, l'infirmière que vous êtes en conçoit que votre mari était suffisamment fragilisé pour qu'une scène de sa maîtresse lui fasse perdre la vie ?

– C'est probable, ne se foule pas la veuve.

Bien amenée dans une nouvelle voie sans issue, croit-elle. Tellement qu'elle se met elle aussi à manger, coudes collés au corps dans un maintien à montrer dans toutes les écoles hôtelières.

C'est pas que ça ne me tente pas, mais mon code de savoir-vivre, la boussole de mon existence, parfaitement, m'interdit d'emprunter les couverts de Damien pour finir son bout de viande non encore découpé. Le verre de rouge devant l'assiette ne porte, en revanche, aucune trace de doigts, ni de lèvres. Toujours pas fan du coteaux-du-lyonnais. Honnêtement, bon produit mais je préfère plus léger et plus fruité, style vins de Loire. Je sais, à ce stade, critiquer le pinard serait pousser le bouchon un peu loin. Mais c'est drôle ça, en plus.

Et elle, jolie poupée sans pile, épouse bafouée, décente bien que dissimulatrice, me tente-t-elle ? Toujours pas.

Je repose le verre ballon, que je n'ai sifflé qu'à moitié comme le veut l'étiquette, et je brûle ma dernière cartouche :

– Hier, j'ai rencontré le médecin légiste qui a examiné le corps de votre mari à l'hôpital du Val d'Ouest le 27 mars. Il s'est souvenu qu'en raison de la saturation des services due à la pandémie, sa direction avait invalidé son pronostic d'homicide par étouffement, ainsi que sa demande d'autopsie... Relancée sur ces faits, qui sont retracés par écrit, l'enquête de police judiciaire fera forcément le lien entre le meurtre, votre surveillance occulte de la victime et vos cachotteries. L'alarme, que vous invoquez pour vous disculper, vous protégera peut-être d'une accusation d'homicide lors du procès, mais pas de complicité ou, au minimum, de non-assistance à personne en danger.

Oui, c'est tiré par les cheveux.

Une criminelle endurcie me rirait au nez, etc. :

– Si je vous prouve le contraire ? me tease l'infirmière.

## 27 – PAUL-ANTOINE DEROUBAIX

Ensemble costume slim sur gilet bleu pétrole, souliers vernis à talonnettes et physionomie fadasse de cadre sup de banque d'images, Paul-Antoine Deroubaix, dit PAD, vient s'asseoir familièrement sur l'angle du bureau du ministre à l'aplomb de mon fauteuil crapaud. De là, il laisse tomber sur le maroquin les deux feuillets qu'il avait à la main, comme si c'était du papier-cul usagé, mon rapport je suppose.

– Mademoiselle, m'entreprend-il avec un sourire d'excuse pour le dérèglement hormonal que son magnétisme va m'occasionner.

– Lieutenant, rectifie le colonel Mailland de Saint-Affrique assis à ma gauche.

– Dans votre mémo... lieutenant... vous présentez Alexandra Schneider, alias Sacha Goloubkine, comme une résidente allemande, enseignante en géographie de l'université de Lyon et conseillère municipale d'une bourgade en périphérie de la métropole.

D'une rotation de tête dans ma direction, accompagnée d'un croisement de ses immenses compas, Mailland m'autorise à ouvrir la bouche :

Un « Oui monsieur, c'est exact » liminaire et courtois me laisse placer ma voix.

– Connaissez-vous son ascendance ? poursuit Deroubaix.

– Elle était la fille d'une fonctionnaire du ministère de la Sécurité d'État de l'ex-République démocratique allemande et d'un officier du KGB en poste à Berlin. Le couple s'est séparé après la chute du mur. À sa majorité, Alexandra Schneider a choisi la nationalité de sa mère et pris son patronyme. Sacha est le diminutif...

– D'Alexandra, merci... Et celui de l'employeur de sa mère ?

Non mais PAD, tu plaisantes ? Je dispense dix-huit heures de cours sur la militarisation des sociétés civiles dans les États totalitaires chaque année :

– L'abréviation du ministère de la Sécurité d'État de la RDA, Ministerium für Staatssicherheit en allemand, est Stasi, raccourci du mot Staatssicherheit.

– Pourquoi le CV édifiant de cette femme, dont vous faites le personnage principal de votre roman... de votre rapport pardon, n'y apparaît pas ?

– Alexandra Schneider est googlisée pour une publication scientifique collective intitulée « Vers une supranationalité des réseaux urbains ». Dans la signature de cet ouvrage, elle fonde sur sa passion pour les systèmes géographiques, en tant que champs des libertés, son propre itinéraire. Je n'ai pas jugé nécessaire de le retranscrire dans mon rapport.

Sourire d'indulgence affectée du bureaucrate au ministre, pour s'attendrir avec lui de l'ingénuité de la gendarmette :

– Apprendre qu'un officier de l'armée de l'air lui vendait des ordinateurs provenant d'une base de surveillance aérienne de l'OTAN ne vous a donc pas émue ?

La jonction des mains de Mailland sur ses genoux, en position de flegme mondain, me rappelle de répondre aux questions après un temps de réflexion, même si inutile pour mon disque dur de datacenter :

– Le capitaine Morel a rencontré Alexandra Schneider en octobre 2019, à l'occasion d'une visite d'étude destinée à permettre à un groupe d'étudiants d'échanger avec des contrôleurs aériens militaires sur des systèmes d'information géographique. À ce moment, Morel gérait le parc informatique du Mont-Rolland depuis 2013 et se livrait déjà au recel de matériel. Il a convaincu la professeure qu'elle aiderait ses étudiants, obligés de télétravailler par la pandémie, en leur permettant d'acquérir à bas prix des PC performants quasi neufs destinés, prétendument, à une vente au personnel. On peut supposer qu'Alexandra Schneider a cru d'autant plus volontiers à la philanthropie de Morel qu'ils ont engagé une liaison.

– Vous croyez vraiment que ce trafic visait à équiper des étudiants ?

– Certainement puisqu'il a été révélé par un étudiant d'Alexandra Schneider, lorsqu'il a porté plainte pour le vol à l'arraché de son PC, dans le quartier universitaire de Villeurbanne.

Le râblé et cependant haut fonctionnaire feint de chanceler de son perchoir :

– Il ne vous effleure toujours pas que l'enjeu ne résidait pas dans le hard mais dans le soft ? En clair, que ce coulage de matériel ait été le vecteur d'une entreprise d'espionnage ?

Des secrets militaires encapsulés dans des ordinateurs au rencart ? Dans tes rêves.

– Des fuites d'informations ont-elles été constatées ? objecté-je, subtilement pensé-je.

Œillade chagrine de mon colonel. Il me l'a pourtant rabâché, quand une commission vous auditionne, jamais de réponse du tac au tac et encore moins de contre-question.

– Bonne question, jubile l'inquisiteur. Une investigation en règle lors de la découverte du trafic y aurait répondu. Pourquoi a-t-elle eu lieu six mois après ?

– Nous nous en sommes déjà expliqués, me supplée Mailland.

– Certes mais peut-on entendre quand même le lieutenant sur le sujet ?

Mailland acquiesce sans cesser de me faire les gros yeux. Oui mon colonel, rhétorique, syntaxe et vocabulaire de rédaction de CM2 :

– En novembre 2019, le commissariat de police de Villeurbanne a signalé au commandement de la base du Mont-Rolland avoir retrouvé un ordinateur portable lui appartenant. L'appareil avait été abandonné dans sa fuite par un délinquant pris en chasse par la police, après une agression dans le quartier du Tonkin…

– Comment la police sait-elle que ce PC provient du Mont-Rolland ? s'impatiente mon examinateur.

Mon colonel intervient à nouveau :

– Ces faits nous sont connus seulement depuis hier soir, d'un échange téléphonique entre le lieutenant Meyer et la PJ de Lyon. Vous êtes en copie du rapport qu'elle va nous transmettre.

– J'en prends note mais en substance… lieutenant ? n'en démord pas Deroubaix.

Feu vert de mauvaise grâce de Mailland.

– D'après l'officier de police judiciaire Brahimi, de la direction zonale de police judiciaire Sud-Est, un policier un peu geek du commissariat de Villeurbanne a ouvert le PC retrouvé. Il a constaté qu'il avait été réinitialisé mais qu'y subsistait le raccourci d'un logiciel de détection aérienne, appelé système électro-optique passif, utilisé par l'armée de l'air. Il en a informé aussitôt le commandement du fort.

Du coin de l'œil, je vois mon chef se pencher vers le sien pour lui souffler un complément d'information. Probablement qu'« un peu geek » n'indique pas une nouvelle identité de genre mais une addiction au numérique.

Deroubaix simule l'effarement :

– Le PC retrouvé contenait des informations militaires ?

– Il n'hébergeait ni logiciels, ni données. Seulement une empreinte de son utilisation antérieure, réchappée d'une restauration bâclée par Morel, atténué-je, toujours trop vite.

Soulagement du directeur de la Sûreté avec le même histrionisme laborieux :

– Si ce n'est que ça... Et ensuite ?

– Le commandement du fort a choisi de régler l'affaire en interne. En contrepartie de la renonciation de l'armée à une procédure disciplinaire à son encontre, Morel a accepté une mise à la retraite anticipée, justifiée par une comorbidité inventée. Pour intervenir au niveau national, il aura fallu attendre...

– Merci Rudy, me coupe Mailland.

C'est ballot. J'allais expliquer pourquoi j'ai été envoyée à Saint-Pierre l'Étoile cette semaine. Tiens, au fait, c'est vrai que je l'ignore.

– Le commandement du fort, le bon fusible... rattaque Deroubaix en retournant s'asseoir dans son fauteuil. Je vous résume les événements qui vous ont échappé. Par le biais d'un détournement de matériel informatique, le capitaine Morel vend des informations militaires de l'OTAN à une espionne russe avec qui il a des relations sexuelles. La dénonciation de cette transaction ne provient pas d'un incident de police avec votre pseudo-étudiant mais de l'évolution de ce que nous appelons le Front Russe... Il s'agit là de renseignements confidentiels dont nous avons avisé votre hiérarchie. Sans doute n'aura-t-elle pas jugé opportun de les partager avec vous...

Je veux croire que Deroubaix n'attend pas de réponse à sa supposition. Mais évidemment que si.

– Je n'en ai pas souvenir, dois-je finir par convenir piteusement.

Mailland toussote :

– En êtes-vous sûre ?

Je connais ce « en êtes-vous sûre ? », synonyme chez mon colonel de « Réfléchis ma grande ».

Quoi de neuf sur le « Front Russe » ? Je ne vois pas...

Ou alors :

– L'article du *Monde Diplomatique* dans la revue de presse des officiers de la Prévôté du mois d'avril ?

La tablée reste poker face, attendant que je montre mes cartes.

Même pas peur :

– Des photos satellitaires révèlent des réquisitions de blindés, missiles balistiques et pièces d'artillerie dans des bases militaires de Sibérie et de Biélorussie. L'auteur cite le Royal United Services Institute qui anticipe leur déploiement sur la frontière entre la Russie et l'Ukraine... J'avais oublié, excusez-moi mon colonel.

Grand seigneur, le lanceur d'alerte accorde la touche à Mailland d'une révérence d'escrimeur :

– Le contexte géopolitique étant posé, je fais court, pérore-t-il. Le gouvernement russe essaye de dissuader l'OTAN d'intégrer l'Ukraine avant que son armée ne soit prête à l'envahir. La révélation d'un dispositif d'espionnage, à l'encontre de la base de l'OTAN surveillant l'espace aérien de la région, anéantirait ses efforts. Contrairement au staff français du Mont-Rolland, les Russes ne se contentent pas de savoir qu'un complice démasqué est mis à la retraite. Vous en convenez vous-même aujourd'hui, Morel a été assassiné par sa maîtresse. La question qui demeure est comment cette information cruciale a pu se perdre.

*Homeland*, saison 2. Je gère :

– Le corps de Gérald Morel a été confié au service médico-légal de l'hôpital du Val d'Ouest le 27 mars. Le médecin légiste a soupçonné un meurtre et demandé une autopsie. L'hôpital l'a refusée, préférant consacrer toutes ses ressources à l'afflux de malades en soins intensifs au pic de la pandémie.

– C'est pratique... Il n'y a plus qu'à attendre la levée du confinement, deux mois plus tard, pour envoyer un agent inexpérimenté s'assurer que l'affaire est étouffée, sous couvert d'une enquête de routine administrative. Malheureusement, à souffler sur les braises, les flammes sont reparties.

L'accusation a muté du sous-entendu au frontal.

Derrière son bureau massif en merisier et moleskine, le ministre de l'Intérieur et des Outre-mer relève nerveusement la mèche de cheveux grisonnants qui tombe sur sa monture rouge fluo dès qu'il se tortille sur son fauteuil :

– Général, votre opinion ? lance-t-il pour conjurer un froid spectral.

Le quatrième membre de la Cellule Interministérielle de Crise est le bientôt retraité général Ange Giacomoni, chef d'état-major des armées et, par le fait, mon big boss. L'apostrophe lui ouvre ses paupières de crocodile d'un demi-millimètre :

– Pardon monsieur le ministre, je m'étais assoupi. Nous autres militaires, l'âge n'aidant pas, avons peu d'endurance pour la station assise... Si la Sûreté avait produit la preuve d'une trahison de l'état-major, je suppose que le coude de Mailland m'aurait cassé une côte.

Le ministre sourit jaune et, du geste, rend l'antenne à Deroubaix :

– Durant sa campagne électorale, Morel a prétendu détenir chez lui des informations, issues des services secrets de l'armée, qui compromettraient un establishment local hostile à son ascension politique. Il aurait même appelé ses affidés à protéger son domicile... Sommes-nous d'accord sur ce point, lieutenant ?

– Oui monsieur, à la condition de n'y voir qu'affabulations.

Nouveau pressentiment malaisant d'être attendue au tournant :

– Si d'autres que vous ont pu le croire, l'annonce d'une perquisition de la villa de Morel par la gendarmerie prévôtale les en aura fait douter. L'espionne russe, le seul contact de Morel avec des services secrets, au premier chef. Vous n'imaginez pas qu'elle ait éliminé Morel, pour qu'il ne risque pas de révéler un détournement de renseignements militaires à son intention, et accepté, deux mois plus tard, la menace de voir ses archives la dénoncer. La nuit même de votre arrivée, elle fait fouiller le bureau de Morel par un de ses agents, un conseiller municipal notoirement vénal. Celui-ci vole des dossiers mais il se fait tuer en partant par un colistier de Morel, qui s'empare des dossiers, avant d'être abattu lui-même le lendemain pour la même raison. La différence est qu'il a tellement bien caché son butin que la police le trouvera avant ses assassins… Vous ne contestez pas que l'on se soit entretué pour ces dossiers, n'est-ce pas lieutenant ?

– Non monsieur. Pour autant, ce ne sont que des projets immobiliers sans aucun intérêt militaire.

– Nous les recevrons lundi prochain de la PJ lyonnaise. De véritables professionnels du renseignement nous diront ce qu'il en est au-delà des apparences… D'ici là, voilà ma version des faits. Voyons la vôtre.

Deroubaix est revenu s'adosser au bureau. D'une pincette dédaigneuse, sa dextre manucurée récupère mon rapport précédemment bazardé sur le cuir :

– Pour commencer, nous avons… un accident d'arbalète…

– Un homicide involontaire, selon le rapport de police, précisé-je.

– Un homicide involontaire ? Un conseiller municipal, cambrioleur amateur à ses heures perdues, tué par mégarde dans un quartier résidentiel par un pistolet-arbalète à chargement électrique. Une arme de guerre interdite sur la voie publique...

– Mais en vente libre sur Internet.

Dans l'immense cabinet de travail ministériel, ma réplique sonne creux. Je me sens comme un joueur de foot qui voit les supporters de son équipe quitter les tribunes avant la fin du match.

Deroubaix, qui le sent aussi, fait durer la séquence :

– Reprenons votre nécrologie... Vous nous relatez ensuite le suicide du marginal, auteur de cet homicide involontaire et, enfin, le décès de votre enseignante allemande. Si je vous suis toujours, elle succombe à la Covid-19 que lui a transmise son amant lorsque, par dépit amoureux, elle l'étouffe sous son oreiller. Vous nous demandez d'admettre par là même, qu'au mépris de toute probabilité, le couple illégitime souffrait d'une comorbidité issue d'une même maladie orpheline, la dédra...

– La drépanocytose est une anomalie du sang héréditaire, que Morel a usurpée à Alexandra Schneider pour...

– Pour qu'ils disparaissent providentiellement de mort naturelle l'un après l'autre.

PAD s'assoit carrément sur le bureau et en dégage définitivement mon mémo d'une balayette.

C'est contraire aux instructions, encore oui, mais qu'invoquer d'autre maintenant que la psychologie ?

– Gérald Morel était un manipulateur compulsif. Aucun de ses mouvements, y compris sa mort, ne peut se comprendre sans considérer sa propension à mystifier son entourage.

Je ne sais pas si c'est bon signe mais ma résistance obtuse fait disjoncter Deroubaix :

– On vous parle atteinte à la sécurité nationale et exécutions commanditées par des agents étrangers sur notre sol.

Vous répondez ordinateurs tombés du camion, combines électorales de sous-préfecture et vaudeville de cornecul... Vous êtes en mission commandée pour faire l'idiote ou vraiment idiote ?

Fusant de sa manche aux cinq étoiles, la main du général se pose sur l'avant-bras de Mailland avant qu'il ne se lève :

– Ne dénigrez pas les sous-préfectures, Deroubaix. Ce pourrait être votre prochaine affectation, lâche-t-il sans élever la voix.

– Pardon de m'être emporté, affecte de se repentir le tribun avec un clin d'œil à son ministre de tutelle.

Nous n'en conservons pas moins une atmosphère de chiotte. Dans une série, on en serait au grand silence qui précède le moment où tout le monde sort un flingue.

Puisqu'on ne me le demande pas, je prends l'initiative :

– Puis-je répondre à la question, mon colonel ?

– Faites, souscrit aussitôt le ministre.

Je me lève pour déposer mon téléphone sur le bord de son bureau à côté de Deroubaix.

En lançant le lecteur audio de l'appareil, je me sens comme un ado qui fait écouter à ses potes le gros son de ouf qui va les matrixer. Ou pas.

Ça commence par une sonnerie de portable.

L'appel est décroché.

Voix d'homme enrouée :

– Alexandra ?

Voix de femme grave, avec un léger accent nordique :

– On doit se parler Gérald.

– Pas maintenant ma puce, je suis crevé.

La femme comme si elle n'avait rien entendu :

– Je me retire de ta liste. Je ne peux pas cautionner un programme d'extrême droite.

– Mais qu'est-ce qu'on t'a raconté ?

– Arrête Gérald, tu sais très bien de quoi je parle.

L'homme après un silence bref mais bien plombé :

– D'accord, j'ai fait quelques retouches. Tu ne croyais pas que j'allais me faire élire par tes bouseux avec des hôtels à insectes et une aire de covoiturage ?

– Je te préviens aussi que je vais dénoncer tes combines immobilières avec Baptiste.

Gérald après un soupir plaintif :

– J'ai perdu mon job à cause de toi, ne l'oublie pas. Si nous voulons vivre ensemble décemment, il nous faut de l'argent.

– Tu ne comprends pas que c'est fini ? Tu n'as jamais rien fait d'autre que de me mentir. Je ne veux plus jamais te revoir.

Silence maléfique, bien sûr que ça existe, puis Gérald :

– Sais-tu que, pendant que tu te cloîtrais, j'ai appris à mieux connaître ta fille... Quel âge a-t-elle Mila, seize ans, dix-sept ans ? C'est incroyable le masochisme de ces gamines. Nous nous sommes à peine tenus par la main et déjà elle a compris tout le mal que je peux lui faire. Tu sais qu'elle est encore vierge... Si tu ne veux pas qu'elle me garde dans sa peau toute sa vie, réfléchis à ce que tu vas faire.

S'ensuivent quelques secondes d'activité électromagnétique parasitaire, jusqu'à la coupure de la communication.

Je voudrais sonder mon auditoire d'un regard panoramique mais démarre aussitôt une nouvelle séquence, cette fois sans sonnerie de téléphone préalable. Elle commence à 22 h 17 le 26 mars soit, dans la chronologie réelle, vingt-huit minutes plus tard, peu après l'extinction de l'éclairage public.

Voix de l'homme anxieuse et toujours obstruée :

– Putain Alexandra, qu'est-ce que tu fous ?

Blanc.

– Ma femme est à côté. Qu'est-ce qui ne va pas chez toi ?

Brouhaha indistinct (pléonasme encore, OK) puis Gérald affolé :

– Arrête !

Des ahanements et des bruits de lutte assourdis saturent le haut-parleur au max de mon iPhone.

Puis ce sont les mêmes bruits mais atrocement déclinants.

Puis un silence légèrement grésillant.

Puis un claquement de porte et rideau.

La mort a ses odeurs et ses couleurs. Elle a aussi des sons qui ne trompent pas. Élise Morel les a enregistrés sur son téléphone. Elle voulait veiller son mari à distance sur un babyphone, tout en maintenant sa ligne ouverte pour ses appels professionnels.

Mon interprétation : erreur du soudard qui ignore que menacer ses enfants transforme n'importe quelle maman normalement constituée en bête sauvage. Celle de la cellule de crise ? Point d'interrogation, Mailland m'ayant envoyée l'attendre dehors dès la fin de mon archive sonore.

## 28 – ALEXANDRE III

Je fais antichambre dans un café de la rue de Miromesnil. Pas vraiment mon quartier mais mieux que poireauter sur un canapé Renaissance dans l'entrée du ministère.

Preuve qu'il a lu mon texto, mon chef me rejoint dans la demi-heure. Plus exactement, il paraît dans la vitrine du bistrot, raide comme pris dans le béton et mine lugubre. Je laisse un billet de cinq euros sur la table pour mon Perrier et je m'éjecte. Sérieux ? Quatre euros soixante pour une pelure de citron dans un verre d'eau ?

– On rentre à pied ? m'invite mon colonel, dès que je me suis mise à ses ordres.

À Balard ? Par les Invalides et le Champ-de-Mars, ça fait au moins une heure de marche. Pour quelqu'un qui n'aime pas flâner, c'est que les voyants sont au rouge.

– Avec plaisir, mon colonel.

Mailland enquille le trottoir étroit en direction de la rive gauche. Je lui prends la roue avec l'impression de faire deux pas quand il en fait un.

– Résumez-moi notre affaire en deux minutes, que je sois sûr d'avoir compris ce que je crains d'avoir compris, ordonne-t-il.

N'étant pas question de faire ralentir le colon, je m'accorde quinze secondes d'hyperventilation pour une apnée de deux minutes.

– Gérald Morel devient gestionnaire du parc informatique du Mont-Rolland en 2013. Au lieu de faire recycler les matériels périmés de son parc, il les fourgue. Sa hiérarchie découvre le trafic en novembre 2019, à l'occasion de la plainte d'un étudiant pour le vol à l'arraché d'un PC portable issu de cette filière. Morel propose au commandement français du fort d'étouffer l'affaire en contrepartie de sa demande de retraite anticipée. Morel quitte l'armée et monte une liste électorale pour briguer la mairie de son village lors du scrutin de mars dernier. Il arrive en tête du premier tour grâce à la notoriété d'une élue de sa commune, rencontrée dans le cadre professionnel puis devenue sa colistière et sa maîtresse. Lorsque l'épouse de Morel découvre l'adultère, elle appelle sa rivale pour la confondre et lui révéler que Morel la trompe également en dévoyant son programme politique et en planifiant des opérations immobilières illicites. Le soir du 26 mars 2020, la maîtresse visite Morel dans le cabanon de jardin où il est alité du fait de la Covid-19 et elle l'étouffe. Dans la circonstance, elle contracte le coronavirus dont elle décède avant-hier soir à l'hôpital.

Je marque une pause pour recharger mes poumons et voir si mon colonel se tient pour édifié. Un moulinet de la main me signifie que non.

Je déroule l'affaire dans l'affaire :

– Durant sa campagne électorale, Morel et un colistier, agent immobilier et conseiller municipal marron, montent des programmes immobiliers occultes en prévision de leur accession à la mairie. Un crématorium sur une parcelle de...

– Ensuite ?

– Morel disparu, les dossiers prennent la poussière dans son cabanon, jusqu'à l'annonce de ma perquisition du domicile de sa veuve, lundi dernier. De peur que je mette la main dessus, le colistier va les voler la nuit même. En sortant de chez Morel, il reçoit un carreau d'arbalète tiré dans la pénombre par Kevin Fournier, un vendeur automobile embrigadé par Morel. Quand Kevin apprend, le lendemain, que le cambrioleur est mort de sa blessure et qu'il s'agit du père d'un de ses copains, il se suicide.

J'ai tenu mon temps de parole.

Mailland ne semble pas satisfait pour autant.

– La réunion s'est mal terminée ? C'est de ma faute ? m'inquiété-je.

– Vous vous en êtes très bien tirée. Sous réserve des vérifications de rigueur, vos conclusions sont entérinées et la Cellule Interministérielle de Crise dissoute.

Je respire. C'est vrai, j'aime être félicitée par mon chef.

– Quelle est la mauvaise nouvelle ? m'obligé-je néanmoins à demander.

– Ne plus pouvoir nous cacher que nous ne travaillons pas pour l'État mais pour des factions.

Cette manie du protestant de toujours se priver de dessert.

– Le plus important n'est peut-être pas le volet interne de l'affaire, relativisé-je.

– Il n'y en a pas d'autres. Des officiers du Mont-Rolland, dont vraisemblablement le nouveau gestionnaire du parc informatique de la base, ont découvert les malversations de Morel. Sans doute au fait d'une tradition de notre management qui veut que, lorsque l'on remonte un problème, on devient le problème, ils conviennent d'attendre une opportunité pour exploiter l'information à leur avantage. La mort soudaine de Morel la leur apporte. Elle leur permet d'agir en patriotes et non plus en balances, en dénonçant à la DGSI un pseudo-espionnage couvert par leur hiérarchie. Les limiers de la Sûreté se lancent sur la piste du capitaine Morel et de sa maîtresse russe. L'apprenant, l'état-major des armées vous missionne en catastrophe pour calmer le jeu... Toute cette mobilisation pour une intrigue de subalternes.

Un peu court, non ?

– La Nuit des Seconds Couteaux, vous ne préférez pas ?

– Si vous voulez.

Mais y a pas moyen de le dérider.

– Le contexte n'est pas glorieux, c'est vrai, mais un trafic d'ordinateurs dans une base stratégique, on ne pouvait quand même pas laisser courir.

– Ceux qui l'ont couvert plaideront que cela valait mieux que de nous discréditer auprès de nos partenaires de l'OTAN.

– N'est-ce pas une raison d'être de la prévôté de contrecarrer ce genre d'arrangements ?

– Dans ce cas, prévoyez de dénoncer l'arrangement similaire, impunité contre placard, dont vont bénéficier les gradés français de la base.

Mailland me montre que je le saoule en me mettant trois mètres dans la vue, comme s'il marchait sur un tapis roulant.

– D'accord mais, à l'arrivée, on aura quand même fait un peu de ménage, m'obstiné-je en le rejoignant à l'intersection de l'avenue de Marigny et des Champs-Élysées.

– Deux morts ne vous paraissent pas cher payé pour un peu de ménage ?

Ça, c'est bien fait pour ma g...

Pourquoi faut-il pourtant que je continue à essayer de marquer contre mon camp :

– Écarter l'hypothèse d'un complot russe n'était quand même pas inutile.

Je dois cavaler à nouveau pour recueillir une explication de texte :

– Qu'avons-nous écarté ? Les Russes vont déclencher une guerre. Nos passes d'armes avec la Sûreté contribuent-elles à les en décourager ou à nous y préparer ?

C'est bon, je la ferme.

– Le dérèglement climatique va nomadiser des millions d'individus. Les pénuries alimentaires et énergétiques vont restaurer la barbarie. Au lieu de bâtir la civilisation du partage qui permettra, peut-être, à l'humanité de survivre dignement, nous autres, politiques et militaires, préférons, comme Marie-Antoinette, nous étourdir dans nos jeux de société.

Summer is coming, c'est sûr. Par contre, mon colonel Louis Mailland de Saint-Affrique collectiviste, j'hallucine.

Mais en fait, c'est pas ça qui m'inquiète :

– Vous ne commettez pas une faute professionnelle en me racontant tout ça ?

Dans le mille. Mon chef ralentit :

– C'est l'autre mauvaise nouvelle... Ramener une affaire d'État soulevée par la DGSI à, selon ses mots, un drame paysan, a ravi le général Giacomoni. On lui aura parlé de vous comme d'une féministe décoloniale. Il vous a trouvée, je le cite encore, compatible. Quand il m'a demandé ce qui vous ferait plaisir, j'ai été obligé de lui dire... Vous intégrez le GIGN. J'ai trois semaines pour vous libérer... Si vous le souhaitez toujours.

Si je le souhaite toujours ?

Alors que nous traversons le Cours la Reine pour aborder le pont Alexandre III, Mailland me prend à nouveau à contrepied en jouant les guides touristiques :

– Le pont Alexandre III, du nom du tsar de Russie, a été construit pour relier les principales attractions de l'Exposition universelle de 1889 sur les deux rives de Paris. Entre autres, le palais de la Guerre sur l'esplanade des Invalides et celui de l'Industrie sur les Champs-Élysées. Une architecture d'avant-garde, avec une arche de cent sept mètres, exalte la France glorieuse des arts, de la culture et de la guerre...

C'est vrai qu'il dégage un truc ce pont. Trop d'angelots, de nymphes, de lampadaires globuleux et de chevaux à plumes mais ça en met quand même plein la vue. Je me sens comme Jules César déboulant en quadrige dans le Circus Maximus avec la tête de Vercingétorix dans une sacoche.

– Les renommées sont les quatre statues en haut des pylônes... La France éternelle, avec le Moyen Âge, Louis XIV, la Renaissance et l'ère moderne, celles au pied des colonnes.

Mailland réduit encore sa cadence de marche, comme pour un aparté :

– L'ouvrage signe un accord entre la France et la Russie. Par son jeu d'alliances, il conduira à la Première Guerre mondiale après l'assassinat de l'archiduc François Ferdinand à Sarajevo en juin 1914. Son volet économique reposait sur l'injection de capitaux français dans l'industrialisation de l'Empire russe. Il s'avérera également désastreux puisque fondé sur des emprunts pour un montant correspondant aujourd'hui à plus de cinquante milliards d'euros, que Staline répudiera en 1918. L'année dernière, pour l'anecdote, la Cour de cassation a débouté les derniers porteurs requérant un remboursement.

Si je souhaite toujours entrer au GIGN ?

Je sais ce que je vais répondre à mon futur ex-chef. Par affection pour lui, j'attends seulement que nous ayons traversé sa métaphore architecturale de la fausse bonne idée pour le faire.

Votre livre est fabriqué en France sur un papier certifié PEFC,
pour une gestion durable de la forêt.

Ouvrage réalisé par Cédric Cailhol Infographiste

Achevé d'imprimer sur Roto-Page en novembre 2024
par l'Imprimerie Floch à Mayenne.

Dépôt légal : février 2025 – Numéro d'impression : 105864
ISBN : 978-2-8126-2645-6

*Imprimé en France*